転生聖女は今度こそ天寿をまっとうしたい！

ドラゴン侯爵の一途な求愛

クレイン

✦

Illustration

ウエハラ蜂

JN240323

gabriella books

転生聖女は今度こそ天寿をまっとうしたい！

ドラゴン侯爵の一途な求愛

contents

プロローグ　聖女は今

『――異世界からやってきた聖女様と神に選ばれし勇者様たちの活躍により、見事魔王は倒されました。お城へと凱旋《がいせん》した勇者様は、彼の無事を祈り、その帰りを待っていた王女様と結婚。やがてはこの国の王様となりました。そして役目を終えた聖女様は、皆に惜しまれつつも元の世界へとお帰りになりました。こうしてこの世界に平和が戻ったのでした』

そして小さな木の枠の中に幕が下りた瞬間、子供たちが目を輝かせて歓声をあげ、小さな手を叩《たた》いた。

その様子を、ハイハイおめでたいですね、と私は白けながら見やる。

ここはオティラという町の外れにある、修道院に併設された小さな孤児院である。

私はそこで育ち巣立った者の義務として、休日になると子供たちの世話の手伝いに来ていた。

すると篤志《ボランティア》の方々がやってきて、子供たちのために人形劇を披露したのだ。

誰もが一度は聞いたことのある、世界を救った勇者達の冒険譚《ぼうけんたん》。

子供たちが大好きなこの御伽話《おとぎばなし》は、実際にあった出来事が元となっている。

今からおよそ百年前。世界に突如として魔王が現れ、人々を苦しめ始めた。

数えきれぬほどの人々が魔物に襲われ命を落とし、大地には嘆きが満ちたという。

するとそんな人間たちを憐《あわ》れんだのか、神によって導かれし勇者とその仲間たちが現れた。

そして異世界から召喚された聖女とともに、見事魔王を倒したのだ。

魔王を倒した勇者はお姫様と結婚して王様となり、聖女は元の世界に帰って、めでたしめでたしの大団円。

――なんとも都合の良いことだと、私は思わず舌打ちしそうになるのを必死に堪《た》えた。

「聖女様、どうして元の世界に帰っちゃったんだろう。そのままみんなと仲良く暮らせば良かったのにね」

人形劇を観《み》ていた一人の子供が、ポツリとそんなことを言った。

すると修道女の一人が、その子を優しい声で嗜《たしな》める。

「きっと聖女様にも、元の世界に家族がいて、友達がいて、恋人がいたのよ」

「……そっか。そうだよねえ。それなら仕方ないね」

「…………」

私は思わず拳を握りしめていた。そう、帰りたかった。でも帰れなかった。

聖女は最初からそのことを、己を召喚したこの国の王に宣告されていた。

異世界からの召喚は、一方通行であると。来ることはできても、帰ることはできないのだと。

それなのに後世に伝わる御伽話では、聖女は無事元の世界に戻ったことになっている。

つまり歴史は、事実は、誰かの都合によって、捻《ね》じ曲《ま》げられたということだ。

何故《なぜ》そんなことが私にわかるのかといえば、答えは明確である。


――だって、私がその聖女だから。


まあ正しくは、聖女というのは私の前世のことだ。

私には、地球という別の星にある日本という国で生まれ育ち、聖女として突如この世界に召喚され、当然の如く魔王と戦わされたという、とんでもない前世がある。

そして先ほどの人形劇の通り、勇者たちとともに苦難の末、無事魔王を討伐した。

その偉業にパーティー全員が満身創痍《まんしんそうい》ながらも、泣いて抱き合って互いの健闘を称えつつ喜び合って。

さあ、勝利の凱旋だと。私もやっとこれから普通の女の子として生きるんだと思っていたところで。

突然魔王城が崩壊し始めたのだ。おそらく城自体が、魔王の一部だったのだろう。

魔王が滅ぼされたことで城を構築していた魔力が失われ、当然のごとく崩れ始めたのだ。

『私が城を支えるから、みんな逃げて……！』

私は心を許し、信頼していた勇者パーティーのみんなを脱出させるため、その場に留まり結界を張って崩壊しつつある魔王城を支え続けた。

そして彼らが無事逃げたのを確認したのちに力尽き、そのまま魔王城の瓦礫《がれき》に押し潰されて短い人生を終えたのだ。

つまり聖女は結局、死ぬまで元の世界に戻ることができなかったのだ。

まあ、そこまではいい。悲しくて寂しくて辛くて痛かったけれど。後悔などなかったし、大好きなみんなを助けられたと、いい死に様だったなと、満足であったくらいだ。

それなのに何故か地球ではなく召喚された世界で、前世の記憶を保持したまま生まれ変わり、物心ついた後に聞かされた勇者パーティーの顛末《てんまつ》に、私は衝撃を受けた。

『――君を愛してる。これは真実の愛だ。この旅が終わったら、僕と結婚してくれないか?』

魔王との決戦前夜。私にそう愛を乞うていた勇者様は、なんと王都へ帰還した後、すぐにこの国の王女とスピード結婚を果たしていた。

歴史書を紐解《ひもと》くに、多分私の死から一ヶ月も経《た》っていなかったと思われる。

生涯においてラブラブだったと伝えられる勇者と王女様夫婦。お子様も十人ほどおられたそうな。

そして二人の恋物語はこの国の誰もが知るラブロマンスとなった。幸せそうで何よりである。

だがそれを知った私の気持ちとしては、『はあ?』である。

いやいや勇者様。いくら何でも、立ち直りが早すぎやしないか。

一応、愛する女が自分を救うために犠牲になって、ぷちっと潰されて死んだはずなんですけど。

一生私を想《おも》って泣き暮らせとまでは言わないが、せめて一年くらいは喪に服せや、と思ってしまうのも致し方ないと思う。

だってこれではあまりにも、死んだ私が可哀想《かわいそう》ではないか。

しかもどうやら勇者と王女は、魔王討伐に旅立つ前からの恋仲であったらしい。

身分違いの恋だったらしく、魔王討伐の恩賞として結婚が許されたのだとか。もう意味がわからない。

一方で勇者と聖女が恋仲だった、などという逸話は後世に一切残されていなかった。

旅の間、ずっと勇者が私に言い寄っていたことを、パーティー全員が知っていたはずなのに。

あれ？　もしかして浮気相手だったのは、私の方？

王女様との身分違いの恋に破れ、身近なところにいた私でいいかってオチ？

今更ながら、そんな悲惨な事実に気付いてしまった。本当に私、可哀想過ぎないか？

勇者にとって王女を手に入れた以上、死んだ聖女に愛を捧《ささ》げていたこと自体が黒歴史となってしまったのだろう。

だからおそらくは意図的に、その事実を消したのだ。

はたして勇者の言う『真実の愛』とはなんだったのか。薄っぺらいにもほどがある。

そしてそんな彼の言葉に浮かれていた自分も、思い出す度に恥ずかしくて痛々しくて居た堪《たま》れない。

うっかり聖女様と勇者様の、完璧なるハッピーエンドなんぞを夢見てしまった。

きっと地球にいた頃から恋愛経験皆無だったせいだ。彼の甘い言葉をいとも簡単に本気にしてしまった。

確かに勇者であるヨアキムは格好良くて、話上手で気配りも神で、一緒にいてとても楽しかったけれど。

今にして思えば、私は恋に恋をしていた気がしないでもない。まあ、負け惜しみかもしれないが。

地球には帰れないからこそ、当時の私はここにいるわかりやすい理由が欲しかったのではないだろうか。

――たとえば、愛する人のため、とか。

私は愚かにも、己の命を賭けてその想いに殉じた。そしてそれは、報われることはなかった。

なんせ彼らは私の『死』すらも、無かったことにしてしまったのだ。

自分たちの魔王討伐の偉業を、その軌跡を、完全無欠なものとするために、私の『死』は不要だったのだろう。

そうして私は自分の世界に帰ったことになり、彼らのために命さえも擲《なげう》った愚かな女は、この世界に存在すらしなくなった。

死人に口なしとは、まさにこのことである。どれほど尊厳を踏《ふ》み躙《にじ》られようと、名誉を汚されようと、死んでしまった私には、もうどうすることもできないのだ。

結局私のかつての人生は、己の意思とは関わりなく異世界から呼び出され、聖女として良いように使われて魔王と戦わされた挙句、うっかりその場のノリで正義感に駆られて自らその命を散らした上に、その存在すらも改竄《かいざん》されたという血も涙も無い話であった。

ハッピーなのはこの世界だけで、私にとってはなんの救いもへったくれもない話。

ただ彼らにとって誤算だったのは、うっかり私が聖女の記憶を持ったまま、この世界に再び生まれてしまったことだろう。

そして私は、己の死後に自分という存在がどういう扱いを受けたかという、本来なら知るはずのないことを知ってしまった。

子供の頃にその勇者たちの幸せな後日談《アフターストーリー》を聞いて、私がどんな思いをしたかお分かりいただけるだろうか。

――え？　もしかして私、ただの死に損だったの……？　である。

私が死んだ後も、みんな幸せだったのね！　良かった！　なんて、とてもではないが思えなかった。

結局全てを失ったのは、私だけだった。そして最期の献身さえも、なかったことにされた。

正直恨み言を言ってやりたい気持ちでいっぱいだが、残念なことに勇者の魔王討伐はすでに百年以上も前のことであり、当時の人たちはもうそのほとんどが墓の下だ。

すでに歴史に組み込まれてしまった過去の出来事を、今さらどうすることもできない。

さらに与えられた新しい人生は、のっけから貧乏で育てられないからと生まれてすぐに親に捨てられるというハードモードスタートであった。

赤子の頃から前世の記憶があった私は、正直『またか』と思った。

地球でも赤ん坊の頃に母親に捨てられて、結局母方の祖父母の家で育ったのだ。

不出来な娘が産み捨てていった父親もわからない孫娘を、渋々義務的に引き取った厳格な祖父母は、毎日私を見ては迷惑そうにため息を吐いた。

おかげで私は、常に人の顔色を窺《うかが》いながら生きる癖がついた。

周囲の機嫌を損ねないよう、相手の望むことを察して、自ら前もって動くような。

馬鹿みたいに早い門限を守り、勉強をし、家事の手伝いも進んでやる手のかからない良い子。

くれぐれも奔放な母のようにはならないように。祖父母の迷惑にならないように。

この世界に召喚された当時、就活生だった私はなかなか就職先が見つからず、私に早く出て行ってほしい祖父母はいつも不機嫌で、どこにも居場所がない状況だった。

だから聖女だなんだとこの世界に呼び出された時、私はそれほどの衝撃を受けなかった。

友人はいても、家族はいないに等しかったから、身軽だったこともある。

だからこの世界に召喚され、『聖女様』と皆に崇《あが》め奉《たてまつ》られた時。

己の居場所が見つかった気がして脳内麻薬が一気に分泌され、私は歓喜と幸福感に包まれた。

ああ、やはり自分は選ばれた人間であり、特別な存在だったのだと。

痛々しくもそう思い込んでしまったのだ。

そして聖女としての役割を与えられたことに、私は無駄にやる気を出してしまった。

今思えばそれは自分の存在意義を他人に求め、必要とされることに喜び、自ら搾取されにいってしまうという、私のような自己肯定感の低い人間が陥りがちな駄目な思考だった。

世界を救う聖女なのだと言われてしまえば、自分の事情の全てが瑣末《さまつ》なことに感じた。

そのせいで私は自分の命と引き換えに、みんなを助けるなんて道を選んでしまったのだろう。

そしてせっかく生まれ変わったというのに、またしても天涯孤独である。

つくづく私は『家族』という存在に縁がないらしい。

我が身を省みずに世界を救ったんだから、来世はお姫様とか貴族のお嬢様とか絶世の美女とかに生まれ変わらせてくれたっていいと思う。

それすら烏滸《おこ》がましいというのなら、せめて太い実家が欲しかった。この世界の神は、無情である。

結局孤児院で育った私は、十四歳になったところでそこを追い出された。

この世界は社会福祉も倫理観も地球よりずっと未熟で、人の命の価値はずっと軽く、親は子供を容易《たやす》く捨ててしまう。

だから孤児院は、いつも定員いっぱいなのだ。

よって一人で生きていける年齢になったら自ら出ていくのが、孤児院の決まりだった。

なんせ後ろがたくさん控えている。十四歳なんて日本じゃまだ全然子供の扱いだが、ここでは十分大人として扱われる。

一人でも多くの子供を救おうとするならば、今いる子供たちをできるだけ早く一人立ちさせなければならない。それは仕方のないことだ。

そうして孤児院を出た私は、わずかばかり神力を持っているという理由で、この町の唯一の診療所で働き始めた。

どうやら今もなお使えるこの神力は、前世聖女だった頃の名残らしい。

ちなみに実は大神官を超える膨大な神力を保持しており、欠損まで治せる再生魔法をも使えるのだが、それについてはひた隠しにしている。

理由はもちろん、もう誰からも利用されたくないからだ。

強い神力を持つ子供達は王都の大神殿に集められ、神の名の下に結婚も許されず、生涯において滅私奉公を強いられることになる。

それこそまた聖女なんてことになったら、神殿に閉じ込められて死ぬまで無給で他人の治療に当たらせられるのだろう。

この世界の人たちはそのことを名誉だと思っているようだけれど、地球での記憶を持つ私としては死んでもごめんだと思う。

だってそもそも私にも、神に対する信仰心がないのだから。

悪いが私は与えられた過酷な環境を、神によって与えられた試練だなんてありがたく思えるほど、被虐的な性質をしていない。

つまり神力の使い手ながらも、私は完全なる無宗教である。

しかし生まれ変わって現状を知るに、前世魔王討伐の旅から生きて帰ってきたとしても、私の身は神殿預かりになって、豊富な神力源としてこの世界の人々にいいように使われていたような気がする。

結局勇者は王女と結婚することになって、私は神殿に閉じ込められて、その人生を、その神力を、ただ消費され続けていたのではないだろうか。

そう思えばあの時死んだことは、絶望が少なくすんでむしろ良かったのかもしれない。

それにしても神に恨みしかないのに、神力だけはやたらと豊富って一体どういうことだろうか。

神力に信仰心は関係ないのだとしたら、大神殿で日々せっせと神に祈っている人たちがあまりにも報われない。なにやら哀れになってしまう。

まあ、神力があるおかげで薄給ながらも職につけて食うには困っていないので、それだけは神様に感謝だけれど。

とにかく今世における私の目標は、願いは、ただ一つである。


——今度こそ、天寿をまっとうしたい……！


自分自身を大切にして生きたい。できれば結婚して子供を産んで緩やかに老いて、そして老衰で死にたい。

目指せ人生百年計画……！　なんてことを真剣に考えていたら、小さな手が私のワンピースの裾を引いた。

「……トゥーリお姉ちゃんは、勇者様が嫌いなの？」

私の顔を見上げてどこか寂しそうに聞いてくるのは、私と同じく親に捨てられこの孤児院で引き取られたソニアだ。

栗毛《くりげ》のふわふわした髪と、可愛《かわい》らしい丸い顔が、天使みたいだと私は常々思っている。

勇者が嫌いと問われれば、もちろん大嫌いである。前世の恨みは一生モノだ。

どうやら私が難しい顔をしていたために、ソニアはそのことに気付いてしまったようだ。

この国の人々は、この世界を魔王から救ってくれた勇者パーティーを信奉し、敬愛している。

彼らに対し嫌悪を募らせている人間など、おそらく私だけではなかろうか。

だがどんな事情があるにせよ、子供達が楽しんでいる中でそれに水を差すように嫌悪感を表に出すなんて、成人した身なのに恥ずかしいことだ。

なんと言い訳をしようかと考えつつ、ソニアの前にしゃがみ込み、目線を合わせ微笑《ほほえ》んだところで。

「──っ！」

ズキン、と強い頭痛と悪寒が私を襲った。それからとある方向への、酷《ひど》い嫌悪も。

「──う、うそでしょ……？」

私は思わず呻《うめ》いた。かつてこの世界に来た時から、魔王討伐のその瞬間まで、ずっとこの感覚に苦しめられていたから知っている。

どろりとした甘い闇の気配。──つまりは。


──魔王が、復活した……？


勇者パーティーは、神に選ばれし者たちによって構成されていた。

パーティーメンバーは皆、今私が感じたように、魔王の気配を知ることができた。

そしてこの感覚こそが、神に選ばれし者である証拠であったのだ。

――ふざけないで……っ!!

私は思わず心の中で、この世界の神に毒吐いた。

どうやら私は、またしても神に選ばれし聖女であるらしい。

今世こそ平穏な人生を生きようと思っていたのに、また魔王と戦えと、神は私に求めているのだ。

冗談ではない。もう二度とごめんだ。なぜ私に優しくないこの世界のために、たった一つしかないこの命を擲たねばならないのか。

私はもう、誰かのために生きるのも、誰かに利用されるのも、まっぴらなのだ。


――だったらこんな世界、いっそ滅びてしまったって別に構わない……はずで。


「トゥーリお姉ちゃん、本当にどうしたの?」

ソニアがまた私のワンピースの裾を引いて、心配そうに私の顔を覗《のぞ》き込《こ》んできた。

本当に心配してくれているのだろう。大きな榛《はしばみ》色の目がうるうると涙を浮かべている。

私は知っていた。魔王が、魔物が、人間に対しどれほど無慈悲であるかを。

魔物達によって滅ぼされた村を、街を、あの時いくつも見たのだから。

しかも捕らえるのが容易く身が柔らかくて栄養価が高いからと、魔族はあえて幼い子供たちから狙った。

そのあまりの残虐さに、平和な日本で生まれ育った私は、何度も胃の中のものを吐き出すはめになった。

私が世界の滅びを受け入れて何もしなければ、あの光景がまた繰り返されることになる。

それは本当に、私が望むことなのか。

「トゥーリ？　どうしたの？　顔色が悪いわ……」

修道女の一人が、私を心配し駆け寄ってくる。私と一緒にこの孤児院で育った同い年のイルマだ。

子供好きな彼女はこの修道院に残り、修道女となって孤児たちの世話をする道を選んだ。

もし魔王が人間たちに攻撃を始めたら、まず犠牲になるのは、間違いなくここにいる子供たちだろう。

孤児なんてきっと、最初に見捨てられてしまう。今だって街の人々は、この子たちを社会のお荷物だと思っているのだから。

「――ああ！　もう！　本当に最悪だ……！」

なんで私なんだ。他の人だっていいじゃないか。私だって本当は、守られる側にいたいのに。

――ああ、でも、それでも。

私はふらりと立ち上がると、胸の中の空気を全て吐き出すような、大きく深いため息を吐いた。

「ソニア、イルマ、ごめん。私、急用ができちゃった」

「え？　いきなり……？　一体どうしたの？」

まだ発生したばかりだからだろう。魔王の気配は、かつてと比べて非常に微弱だ。

つまり今なら、前回よりも簡単に討伐できるはずだ。

魔王がこれ以上に強大な存在になって、また新たな聖女を異世界から呼ぼうなんて、愚かな思考に人々がなる前に。

――私がこっそりと、魔王を倒してしまえばいい。

「私、ちょっと旅に出てくるわ」

「ええ！　トゥーリ、本当にどうしたの！」

「しばらくこの町には帰らないかもしれないけど、心配しないで」

かつての私が共に旅した勇者パーティーのメンバーは、すでにそのほとんどが墓の下だ。

だがその中でたったひとりだけ、生き残りがいる。

彼が未《いま》だに生き永らえているのは、彼が人間ではないからだ。

その名をオリヴェル・シュルヤヴァーラ。

世界一の魔法使いで、そして――最後の『竜』の生き残りだ。

竜の寿命は長い。大体人間の三倍ほどの年月を彼らは生きる。だからオリヴェルはまだ生きている。

そして彼はいまや、シュルヤヴァーラ侯爵閣下である。

魔王討伐の恩賞にと、オリヴェルはこの国で最も魔王城に近く、魔物が多く生息しこれまで放置されていた土地を、侯爵の地位と共に国王に与えられた。

明らかに嫌がらせで要らぬ荒野を押し付けられたのだろうに、オリヴェルはそれを嘲笑《あざわら》うかのように、この百年でその地を国内有数の裕福な土地へと発展させた。

まあ、負けず嫌いで性格が悪いから、きっと嫌いな人間たちへの当てつけのために頑張ったんだろう。

そもそもオリヴェルは人間ではないから、私たちとは感覚が違う。

金も権力も、彼にとってはなんの価値もない。

だからこそいっそ清廉潔白に、そして無慈悲に領地の発展に力を尽くせたのだろう。

もはや勇者パーティーのことは大嫌いだが、私は今もオリヴェルのことだけは嫌いではなかった。

なんせ魔王との戦いの時、彼は私を庇《かば》い、深い傷を負ったのだ。

もちろんその傷は私が癒やしたものの、傷ついた精神までは癒やすことができない。

あの時彼は意識を失ったまま、戦士のペトリに背負われていた。

よってオリヴェルは、私が死んだ時のことを知らないのだ。

『すまない。ありがとう。君のことは忘れない』

そう言って皆が私をその場に置いて、躊躇《ためら》いなく立ち去っていった時のことを、知らないのだ。

だからオリヴェルだけは、責める理由がなかった。

もし意識があったなら、彼だけは私を置いていかなかったのではないか、なんて妄想してしまうこともある。

まあ、今となってはもう確かめようがないことだけれど。

おそらくオリヴェルも生きている以上、私と同じように神に選ばれし者として、この魔王復活の兆しを感じているのではないだろうか。

そして魔王討伐に乗り出すはずである。その時に私もこっそり連れて行って貰《もら》えばいい。

なんせ私は今や一介の治療師に過ぎず、魔王の気配の元まで行くための旅費もなければ、戦闘能力もない。

聖女だった前世も神力による穢《けが》れの浄化、治療、防御結界の展開ができるだけで、攻撃に使える技は何も持っていなかった。

だから魔王を倒すには、どうしても私以外に攻撃担当《アタッカー》が必要なのだ。

まあ、私たち以外にも今回新たに選ばれし勇者がいるのかもしれないけど、誰かはわからないし名乗り出てくれるかどうかもわからないから。

今私が頼れるのは必然的に、まだ生存しているかつての仲間のオリヴェルしかいない。

――なんとしても、オリヴェルに会いにいかなくちゃ。

ただの平民の分際で、侯爵閣下に会う方法は思いつかないけれど。

その手段についてはとりあえず現地に行ってから、おいおい考えるとして。

私はすぐにめちゃくちゃ怒られ引き止められつつも、住み込みで働いていた診療所を辞めた。

『お前のような孤児を雇ってやったのに！　この恩知らずめ‼』

などと所長に怒鳴られた時は、身が竦《すく》んだ。

確かにここのところの外来はほとんど私一人で対応させられていたから、いなくなったら困るんだろうなとは思うが。

これまで五年近く真面目に働いてきた従業員に対して、よくぞそこまで罵れるものだなあ、と私は遠い目をした。

恫喝《どうかつ》しても退職の意志を変えない私に、所長は最終的に賃金を倍に上げてもいいとまで言って追《お》い縋《すが》ってきたが、もちろん断った。

この賃金では生活が苦しいと、これまでどんなに私が訴えても、その全てを黙殺してきたくせに。

しようと思えば倍にだってできたんじゃないかと、余計に呆《あき》れてしまっただけだ。

そんなに私のことが必要だったのなら、最初からもっと大切にしてくれればよかったのに。

結局人間なんてこれが本質なのだ。自分の都合の良いように、人を利用してばかり。

本当にこの世界を、人間を、救う価値があるのかと、私は一瞬疑問に思ってしまった。

これはいけないとソニアとイルマの笑顔を思い出して、なんとか自分の気持ちを立て直す。

一部を全てと思い込むのは、過ちの始まりだ。少なくとも善きものだってこの世界にはあるはずだ。

辞めるなら今すぐ出て行けと言われたので、私は早々に荷物を纏《まと》め始めた。

孤児だった私の持ち物など微々たるもので、せいぜい服の数着と細々とした日用品くらいのものだ。

それらはあっという間に大きめの鞄《かばん》ひとつに綺麗《きれい》に収まってしまった。

オリヴェルのいるシュルヤヴァーラ侯爵領の領都アイリスは、ここから馬車で十日ほどの場所にあるらしい。

かつて魔王城があった場所に程近い場所にあるそこは、今や王都に次ぐこの国の第二の都市となっており、隣町から直通の乗合馬車が出ているようだ。

今でこそ馬車で十日ほどで行けるが、前世の私たちがそこへ向かうためには多くの魔物や魔族、ダンジョンをなんとかしなければならなかった。とにかく魔王により、世界が滅亡寸前だったのだ。

だから少し移動しては、その場所にいる魔物たちを駆逐して民を助け、また少し移動してまたそこに蔓延《はびこ》っている魔物たちを駆逐して……をひたすら毎日繰り返しており、一つの場所に何日も足止めを食らうことも日常茶飯事で。

魔王城に辿《たど》り着《つ》くまでは、昨今の数十倍の時間がかかった。

だが道が整備された上に平和な今ならば、その馬車に乗れればたったの十日で、元魔王城のお膝元であるオリヴェルの元へ行くことができる。

住み込みだからと色々と理由をつけられ差っ引かれた診療所の給金は少なく、私の貯金は微々たるもので、その全てをはたいても、ぎりぎり片道の旅費しかない。

正直なところ何もかもが心許《こころもと》ないが、それでも私は行かなくてはいけない。

鞄を肩にかけると、私は診療所を出て、隣町へと向かって歩き出す。

生まれ変わってから初めての冒険に、私の心は僅かに高揚していた。

第一章　聖女、侍女《メイド》にジョブチェンジする

半日歩いて隣町に行き、なんとか乗合馬車の発着所へ辿り着いた。

運賃を払っても、女の一人旅を特に怪しまれることはなかった。

どうやらシュルヤヴァーラ侯爵領に出稼ぎに行く若い女は、珍しくないらしい。やはり豊かな場所なのだろう。

これにて私の財布は一気に軽くなった。その軽さに私の不安が一気に増す。

まずシュルヤヴァーラ侯爵領に着いたら、すぐに住み込みの仕事を探さなくてはならない。

だが身元の保証も紹介状もない天涯孤独の女に、そう簡単に仕事が見つかるものだろうか。

いざとなったら流しの治療師でもするしかないか。

そんなことを考えて鬱々《うつうつ》としつつ、やがてやってきた乗合馬車の硬い座席に座り、私は鞄を抱えてその上に顎を置いた。

なんとかこの体勢で眠ることができそうだ。夜には毛布の貸し出しもあるらしいし。

その後、座席が半分くらい埋まったところで、ゆっくりと馬車が動き出した。

馬車は途中いくつかの町を経由しながら、シュルヤヴァーラ侯爵領の領都アイリスへと向かう。

「わあ……」

私は小さな窓から風景を眺める。馬車の外は、遠くまで一面黄金色の麦畑だった。

風に靡《なび》くその光景は、神々しさすら感じる。私はそれを、飽きずに眺め続けた。

診療所の仕事が忙しくお金もなくて、旅なんてこれまですることができなかった。

それなのに魔王が復活したせいで、むしろ覚悟が決まって初めて旅を楽しめるようになるなんて、ちょっと皮肉な話である。

馬車は一日中小麦畑の間にある街道を走り続け、やがて王都近くの小さな町に着いた。

王都の中へ馬車を乗り入れてしまうと安くない通行料がとられるため、あえてその傍にある町を経由地にしているらしい。

王都見学をしてみたかった気もするが、安い運賃で乗っている手前、仕方がない。

少々休憩時間があったので、私は一度馬車を降りるとぐっと固まっていた体を伸ばした。一気に身体中を血が巡っていく気がする。

それから何か軽く買い食いをしようかと、周囲を見渡したところで。

言い争うような声が聞こえて、私は思わずその方向を向いた。

するとあからさまに周囲から浮いている、男女二人組が目に留《と》まった。

彼らに話しかけられているこの乗合馬車の御者が、非常に困った顔をしている。

「ですからお客様。この金は、ここでは使えないんです」

「なぜ使えないんだ？　間違いなくこの国の通貨だぞ」

「そうは言われましても……」

どうやらこの乗合馬車に乗るべく運賃を支払おうとして、男性が大金貨を出したようだ。

だが大金貨は額面が大きすぎて、一般ではまず流通していない。

なんせそれ一枚で、大人一人が数年遊んで暮らせるような金額なのだ。

平民では、その大金貨が本物かどうかの見分けすらつかないだろう。

たとえ本物だと分かったとしても、こんな小さな馬車運行業者では、釣り銭も出せまい。

なぜ私がそんなことを知っているかといえば、前世聖女として勇者たちと旅に出た時に、時の国王から同じ大金貨を旅費として下賜《かし》されたからだ。

その時もやはり両替することが非常に難しく、苦労したことを覚えている。

だからこそ私には彼らが御者に差し出している金貨が本物であることが分かったし、困っているその内容も分かったのだ。

よく見れば大金貨を御者に押し付けている男性は、明らかに私よりも年下だ。

おそらくは十代前半、少年といっていい年齢だろう。

見るからに貴族のお坊ちゃんが、お忍びでやってきました！　という風情である。

よって周囲からめちゃくちゃに浮いているのだ。

質素に見せているつもりなのだろうが、その服は全く汚れていない新品であるし、肌や髪も艶々だ。

普通平民は、洗濯のしすぎでゴワゴワになった、汚れの落ち切らない黄ばんだ服を着ているものであるし、太陽の光や土埃《つちぼこり》で髪も肌も傷んでパッサパサに乾き切っているのが普通なのだ。

鴨《かも》がネギを背負って歩くって、きっとこんな感じなのだろうな、と私は思った。

彼らを騙《だま》して大金貨を巻き上げようとはしないあたり、この運行業者は随分と良心的である。

そのことに私は少し安心する。なんせ旅程はまだあと九日もあるのだから、信用できる業者であることは素直に嬉《うれ》しい。

「……エリアス様。どうしましょう……」

大金貨の少年とともにいた女性が、不安そうな声を上げた。

彼女もまた若い。やはりまだ少女と言っていい年齢だろう。

「……どうしようか、ミラ」

すると少年までもが不安そうな声を出した。私は一気に心配になった。どうにもできないんかい、と。

大丈夫なのだろうかこの二人。世間知らずかつ無計画にも程があるだろう。

まあ片道切符しかない私の無謀ぶりも、なかなかのものだとは思うけれど。

「……何かお困りですか？」

そして孤児院で育ったからか、年下の子供たちが困っていると、つい口やら手を出してしまうのは私の悪い癖である。

近寄って声をかけると、少年少女は救いを求めるように私の方を向いた。

「…………！」

彼らの顔を見て、私は思わず言葉を失った。なんせこの二人、めちゃくちゃに可愛かったのである。

エリアスという名の少年は金髪碧眼《へきがん》のたいそうな美少年で、ミラという名の少女はストロベリーブロンドに青い目の、これまたたいそうな美少女であった。

前世でいうところのアイドルのようなキラキラした二人に、私は圧倒されてしまった。

私がかつてオリヴェルという超絶美形ドラゴンに見慣れていなければ、我に返るためにもっと多くの時間を費やしていたことだろう。

やはりこの二人は貴族だと思われる。金や銀といった美しい髪色は高貴な血筋に多く、平民では滅多《めった》に見かけない。

これぞ平民といった感じの茶色の髪に、良く言えば若草色の、悪く言えば薄らぼんやりした緑の目の私とは輝きがまるで違う。

自分のことを美女とは言えないまでも、まあまあ可愛いかな、などと思っていたことが恥ずかしい。

彼らの横にいたら、私の存在は間違いなく霞《かす》むだろう。

「すまない。この金は使えないと言われてしまって……」

「……大金貨ですね。それは一般的には流通していないんですよ」

それは平民が使用しない硬貨であり、そして馬車の御者に渡したところで、とてもではないが釣り銭を用意することはできないのだ、と私は説明する。

それを聞いたエリアス少年は目を見開く。貴族であろう彼にとって、大金貨は普通に使用されるものだったのだろう。

「……では、どうしたら良いのでしょうか？」

ミラ嬢が眉を下げて泣きそうな顔で問うてくる。だから私は優しく教えてあげた。

「そうですね……。貴族などが使う高級店で何か買い物をして釣り銭を手に入れるか、両替商に手数料を払って両替してもらうしか……」

すると二人は、縋《すが》るような目で私を見てきた。これはつまりそういった店まで連れて行けということか。

彼らはもう少し人を疑った方が良いと思う。もし私が悪い人間だったらどうするつもりなのか。

二人はどう見てもまだ十代前半であるし、これは一度保護者の元へ返した方がよさそうだ。

健康状態の良さや擦れたところのない素直そうな性格からいって、二人とも大切に育てられた子供であることは間違いないだろう。家族自体には、おそらくそれほど問題はないと思われる。

私は彼らを連れて少し馬車から離れ、周囲には聞こえないように小声で話しかける。

「失礼ですが、貴族の方とお見受けいたします。一度家にお帰りになって、準備をしなおした方がよろしいかと」

「……どうして私たちが貴族だとわかった」

エリアス少年とミラ嬢が警戒し、私を睨《にら》む。

いや、だって普通にわかるって。むしろ何故バレないと思った。

「所作、言葉遣いからもお育ちの良さは見て取れますし、大金貨なんてものを普通に持っておられることからもすぐにわかってしまいますよ」

すると二人はしゅんと肩を落とした。どうやら完璧な変装だと自負していたらしい。色々甘すぎるな。

「高貴な方である以上、家の方と一緒に行動された方がよろしいかと。この国はそこまで安全ではないので」

世間知らずのお坊ちゃんとお嬢ちゃん二人では、騙されて有り金を巻き上げられる未来しか見えない。

「家の者には内緒で出てきたんだ。……私にはどうしても、しなくてはいけないことがあって」

どうやら彼らの冒険は、家族から反対を受けているらしい。

もうトラブルの匂いしかしない。私は思わず遠い目をしてしまった。

「……少なくとも、大金貨を両替できるような店は、この小さな町にはありません。一度王都に行かないといけませんよ」

だからどうにもならないのだと通告すれば、二人はしょんぼりと肩を落としてしまった。

おそらく王都に戻れば、すぐに家人に捕まってしまうのだろう。

少し可哀想になるが、家出した子供は親元に帰さねば、悪い大人に利用されてしまう。

「ご家族としっかり話し合いをされた方がよろしいかと思います。今頃皆様心配していらっしゃいますよ」

私は慰めるように、笑顔を作った。愛してくれる家族がいるのなら、大切にしてほしい。

「――分かった。一度家に戻り、出直そうと思う」

するとエリアス少年は、不本意であることを滲《にじ》ませながらも私の提案を素直に受け入れた。

貴族のくせに傲慢さのかけらもない生真面目な彼に、私はなにやら感動してしまった。

この世界にもやはり善良な人間が存在するのだと、救う価値があるのだと、安堵《あんど》する。

そしてとぼとぼと立ち去る二人の背中を見送って、結局買い食いはできないまま私は馬車に戻った。

お腹《なか》は空いたままだが、迷える少年少女を救えたと、自己満足ながら私は気分がよかった。

それから休みを挟みつつも、馬車に揺られること九日。

私はとうとう、シュルヤヴァーラ侯爵領の領都アイリスに辿り着いた。

皆がその美しさ、豊かさを口々に讃《たた》える、領都アイリス。今や王都に次ぐこの国の第二の都市。

元々魔王や魔物が棲《す》みついていた、何もないところに一から作られたというその街は、円状に広がるように美しく区画整理されており、中央に領主の屋敷と巨大な公園がある。

馬車を降りた瞬間から、私は圧倒された。

田舎者全開で、きょろきょろと辺りを見渡しながら歩く。

何はともあれ、まずは泊まるところと仕事を探さなくてはならない。

恥ずかしながら私の微々たる持ち金では、こんな物価の高そうな場所で暮らせば、あっという間に財布の中身が底を突くだろう。

オリヴェルに会えるまで、できれば住み込みで働かせてもらえる先を探せたら良いのだが。

街の中心部を真っ直ぐに貫く大きな通りを歩いていくと、やがて立派なお屋敷が見えてきた。

贅を凝らした、美しい白亜のお屋敷だ。その周囲は様々な花が咲き乱れる公園となっている。

少々私が内心『良い生活しやがって……！』と苦々しく思ってしまっても、仕方がないと思う。

聖女以外の勇者パーティーの面々は、みんな各々幸せになっていた。

死ぬ時はそれでいいと、そうであってくれと願ったのに。

今頃になって、私の中で黒い感情が渦巻いてしまうのだ。

――ずるい、と。どうして私だけ、と。


ああ、こんなにも醜い私の、一体どこが聖女だというのか。

この世界の神は、よっぽど人を見る目がないらしい。私は思わず自嘲する。

咲き乱れる花を眺めながら、オリヴェルの屋敷へ向かい、公園の中を歩く。

オリヴェルに会わせてほしいと言って、会わせてもらえるものではないだろうが、それでも彼の状況を少しでも知りたかったのだ。

「こうして勇者たち一行は、見事魔王を打ち倒したのです！」

すると孤児院で何度も聞いたフレーズが聞こえ、私は思わず眉を顰《ひそ》めた。

どうやら大道芸人が、人形劇をしているらしい。子供たちとその保護者たちが集まって、夢中で観劇している。

よりにもよって今、この劇は見たくなかった。それでなくとも沈んだ気分がさらに滅入《めい》る。

「さてこのまま魔王城を脱出しようとした勇者一行。そんな中、突然魔王城が崩れ始めたのです」

すぐにその場を通り過ぎようと、足を速めたところで、私の耳は信じられない続きを拾った。

「聖女様はその身を挺して魔王城の崩壊を止め、勇者一行を無事に逃しました」

「……え?」

私が今世、何度も聞いた話と違う。思わず立ち止まり、信じられない気持ちで人形劇を眺めた。

おそらくかつての私を模したのであろう黒髪の人形が、小さな舞台の中、命を落とし地に伏せている。

「こうして聖女様の尊い犠牲により、勇者一行は無事王都へ凱旋を果たしました。そして勇者様は——」

それ以降のお話に関しては、私が知っているものと変わらなかった。

勇者は王女と結婚し、幸せになりましたとさ。めでたしめでたし。

けれども聖女様は、哀れ元の世界へ戻れないまま。

「聖女様、可哀想……!」

観劇していた子供の一人が、そういって目を潤ませた。すると大道芸人が、慌てて取り繕うように言う。

「聖女様は今も天国で、この世界を見守ってくださっているのですよ」

いや、残念ながら聖女様はこの世界を見守ってなどいないし、むしろ若干恨んですらいたりするのだが。

それにしてもどういうことか、シュルヤヴァーラ侯爵領では、勇者の冒険譚が真実の通りに伝わっているらしい。

聖女は勇者一行を助けるため、犠牲となってその命を散らしてしまったと。

衝撃からか心臓がバクバクと大きな音を立て、手が僅かに震える。

そのせいで体温が上がって、暑くなって全身から汗が吹き出た。

「………！」

するとその時、頬《ほお》にふわりと涼しい風を感じて顔を上げた。

わずかに水音も聞こえることから、どうやら近くに水場があるようだ。

その近くで少し涼もうと向かった先で、私はまたしてもとんでもないものを見つけてしまった。

「何これ……！」

美しく水を跳ね上げるたくさんの噴水の中央に、大理石でできた巨大な彫像が飾られていた。

彫像の足元にある金のプレートには、こう文字が刻んであった。

――『聖女アイリ像』と。

『アイリ』というのはかつての私の名だ。正しくは『宮野愛梨《みやのあいり》』という。

つまりこれは、前世の私の彫像ということなのだろうが。

「いや、もう少し、もう少しさぁ……！」

なんとかならなかったのだろうか、と。私は思わず声にしてこぼしてしまう。

少しくらい美化してくれりゃ良いものを、その彫像はありのまま、典型的な日本人《ジャパニーズ》の姿で制作されていた。

我ながらよく似ていると思える素晴らしいその出来に、苦情を申したいくらいだ。

お願いだから多少は美化加工をしてほしい。多分それは故人へのマナーだ。

そもそもなんでこんなものが、こんなところにあるのか。

しかもなにやら杖《つえ》をついた品の良い老齢のご婦人に、お地蔵さんよろしく深々と拝まれているし。

勘弁してほしい。間違いなくこれには霊験《れいげん》も御利益《ごりやく》もない。なんせその元中身はここにいるので。

そこで私は、今更ながらに気づいた。

『アイリス』というこの街の名前が、『アイリの場所』という意味であることを。


――もしかしてオリヴェル。私の死を悼《いた》んでくれたの？


そう思った瞬間。ぶわりと私の両目から涙が溢《あふ》れた。胸が苦しくなって、思わず彫像の前で蹲《うずくま》る。

そして私は、オリヴェルのことを思い出す。その姿、その言葉を。

彼は『竜』だったが、普段は人間の形をしており、非常に美しい容姿をしていた。

襟足で無造作に結ばれた漆黒の髪に、光の加減で黄金に見える美しい瞳。非の打ち所のない、どこか中性的な顔立ち。

何度も見惚《みほ》れてしまっては、ぎろりと睨まれて慌てて目を逸《そ》らしたものだ。

仲良くなろうと『髪の色がお揃《そろ》いだね』と言ったら『はあ?』と冷たい声で言われたのも、懐かしい思い出である。

彼は当時十代後半くらいの少年と青年の間のような見た目をしていたが、実際にはその三倍以上の年齢であるらしく、このパーティーで自分が一番年長なのだといつも偉そうにしていた。

人間が嫌いで、よく私に喧嘩《けんか》を売ってきては『人間如《ごと》きが』と蔑《さげす》んだ。

私は『大蜥蜴《おおとかげ》に言われたくありません』と言い返してやった気がする。

オリヴェルが聖女である私に何もできないことはわかっていたから、私は彼に対し言いたい放題であった。

もちろん彼も、私に対し言いたい放題だったが。

当時就活生であった私からすると、小生意気な男子高校生を相手にしているようなもので、バイトで塾講師なんかをやっていたこともあり、つい生徒に接するように気安くなってしまっていた。

でも喧嘩しつつも一緒に過ごしているうちに、次第に仲良くなった。

オリヴェルは思春期らしく、とても可愛かった。彼の実年齢を考えるとずいぶん長い思春期であるが。

照れ屋で私が揶揄《からか》うと耳を赤くして怒るところとか、文句を言う割には私のことをよく見ていて、いつも何気なく庇ってくれるところとか。

青いなあ、とニヤニヤしながら見守っていたものだ。

まあ当時の彼の年齢は八十九歳で、随分とご年配であったはずなのだが。

年齢が必ずしも精神の成熟と比例していないことは、人間としてある程度長く生きていればわかることだ。

それに魔王が現れるまでずっとひとりぼっちで、人と触れ合うことがなかった竜は、人との付き合い方が分からなかったのだろう。

だから私は、オリヴェルが人と付き合う上での良き練習台になったと思うのだ。

——所詮私は異世界人で、彼は竜で。

お互いにどこか周囲と馴染《なじ》みきれない自分に、異物である自分に、孤独を感じていたのかもしれない。

そして戯れ合うことで、その孤独を癒やしていたのかもしれない。

だから彼が愛梨を惜しみ悲しんでくれたことが、嬉しい。

そう思ってしまう私は、本当に酷い人間だと思う。

全くもって威厳のかけらもない、かつての己を模した彫像の前で蹲り泣きじゃくる私を、誰もが遠巻きに気持ち悪そうに見ていた。

まあ、自分もそんな人間がいたら間違いなく距離を取るだろうから、仕方がない。

どうかこのまま心ゆくまで泣かせてほしい。嬉しくて悲しくて仕方がないんだ。

「あらまあ、若いお嬢さんがそんなに泣いて。どうしたの？」

だがそんな明らかに避けるべき怪しい私に、優しく声をかけてくれる人がいた。

おずおずと涙に濡《ぬ》れた顔を上げてみれば、そこにいたのは先ほど私の彫像を拝んでいた、品の良い老齢のご婦人だった。

おっとりと微笑むその目は、とても優しくて。私は思わず、その心の内を口走ってしまった。

「……聖女様が、お可哀想で」

——本当は、生きたかった。若くして死にたくなんかなかった。

格好つけてみんなを逃しておきながら。でも本当は死ぬのがとても恐ろしかった。

最後の最期まで聖女なんだから奇跡が起きて、神様が助けてくれるんじゃないかって期待して。

でも結局誰も助けてくれなくて、瓦礫に押し潰されて痛みと恐怖の中で死んでしまった可哀想な愛梨《あいり》。

だからこんな風にオリヴェルが、私を惜しんでくれたことが嬉しくて。

「本当よねえ……私もそう思うわ」

するとそのご婦人は私に同意して、その綺麗な白い眉を顰《ひそ》めた。

「なんせオリヴェル様がいらっしゃらなかったら、聖女様の犠牲そのものが隠蔽されていたそうだから」

初めて知る事実に、私は大きく目を見開いた。するとまた涙がボロボロと溢れる。

するとご婦人は私の濡れた顔を、小さな鞄から出したハンカチで優しく拭いてくれた。

「聖女様が魔王城で命を落としたことで、当時の国王陛下と勇者様たちは、神殿や民から責められることを恐れ、聖女様は元の世界に帰ったということにしてしまったのだそうよ。オリヴェル様はそれに大層お怒りになられて、聖女様の死の真相を我が領民に広めたのよ」

だから他領では、聖女は魔王を倒したあと元の世界に戻ったと教えられる。私がこれまで聞いてきたように。

それなのにオリヴェルが領民に真実を広めたことで、王家や元勇者パーティーのメンバーからは猛抗議が入ったそうだが、彼はそれらを一蹴したそうだ。

そして私は、さきほど見た人形劇を思い出す。

あの作品の中で、私はちゃんと勇者たちを庇い死んでいた。

それはここ、シュルヤヴァーラ侯爵領だけの特別仕様だったようだ。

なんせ他領では、聖女様は元気に元の世界に帰ってハッピーエンドにされているから。

——ねえ、オリヴェル、あんたは死んだ私の尊厳を守ろうとしてくれたのね。

また涙が溢《あふ》れ出てきた。あの時無残に死んでしまった『宮野愛梨《みやのあいり》』が、少しだけ報われた気がして。

「……オリヴェル様は、素晴らしい方ですね」

オリヴェルに自分が『愛梨』の生まれ変わりであることを、伝えるつもりはないけれど。

いつか彼に礼が言えたらいいな、と思い、私は泣きながら笑った。

すると私を慰めてくれたご婦人は、驚いたようにわずかに目を見開き、それから私に聞いてきた。

「ところであなた、こちらへは観光かしら?」

田舎から出てきたおのぼりさんであることは、バレていたらしい。

確かに私は周囲にいる洗練された都会の女性たちとは違い、明らかに芋である。

「……いえ、実は故郷を出て、こちらへ仕事を探しにきたんです」

そうだった。こんなところで自己憐憫《れんびん》に浸って泣いている場合ではなかった。

早急に今日の宿と、これからの仕事を確保しなくては。このままでは住所不定無職になってしまう。

「まあまあまあ……!」

するとご婦人は、嬉しそうに目をキラキラと輝かせた。

私は思わずその豊かな表情に見惚れる。このご婦人、若い頃はさぞ華やかな美女であられたのだろう。

なんせ年老いた今でも、十分にお美しいのだから。

「それなら私と同じところで働かない? 実は最近足が思うように動かなくなっちゃって、仕事に支障をきたしているの。あなたが手伝ってくれたら嬉しいわ」

「……え？」

己の彫像の前で自己憐憫に浸っていたら、なんと仕事が見つかってしまった。

しかも仕事を斡旋《あっせん》してくれたのは、明らかに身なりの良い、品の良いご婦人である。

このまま人身売買組織に囚《とら》われて売られる、なんてことはまずなさそうだし、この優しい方が上司ならば最高である。

実はこの彫像、ちゃんと御利益があったらしい。霊験あらたかだね、私！　すごいぞ！

「良いんですか……？」

「ええ！　もちろんよ」

「是非……！　ありがとうございます！　誠心誠意精一杯働きますので……！」

渡りに船とばかりに私は彼女の手を握り、縋るようにその話に乗った。

実は今日泊まる場所も決まっていなかったと言ったら「ちょうどよかったわ！　住み込みで働いて欲しかったの！　運命的ね！」などと可愛らしくはしゃいで笑ってくれた。女神か。

「そういえば、まだお名前も聞いていなかったわね」

「失礼しました。トゥーリ・ハスティと申します。年は十八歳で、ここから西の方にある、オティラという町の出身です」

「私はアーヴァというの。よろしくね」

我が幸運の女神の名はアーヴァさんとおっしゃるらしい。なんとお名前まで可愛らしい。

その後すぐに仕事場に案内してくれるというので、私はアーヴァさんに付いて、仕事内容について聞きながら歩く。

どうやらアーヴァさんが私に依頼したいのは、掃除や給仕などといった、いわゆる侍女《メイド》の仕事らしい。

私は家事が苦になるタイプの人間ではないので、もちろん仕事内容に全く不満はない。

「これまで一人で生きてきたので、掃除も洗濯も料理も、基本的に何でもできます！」

「まあ！　頼もしいわ！」

「それに私、ほんの少しだけ神力があるので、小さな傷の治療とかもできます！　お任せください！」

前世の通販番組のようにせっせと自分を売り込んでいたら、アーヴァさんが驚いて目を見開いた。

「ええ？　それなのに侍女仕事で良いの？　この街には診療所もたくさんあるから、治療師ならいくらでも働き口があるわよ」

確かに神力を持った人間は少ない。よって引く手数多《あまた》ではある。

けれども私は、できれば治療師は辞めたいと考えていた。

「いやあ、そういう仕事はもういいかな、と」

力を抑えて治療するというのは、むしろ難しい。

さらには目の前に苦しむ患者がいて、本来なら一気に治すこともできるのに、それをしないことにも罪悪感が募り、精神的に苦しくなる。

かつての自分ならば、聖女として己を擲《なげう》って人を助けたかもしれない。

けれど私は一度死んだことで、己の身がどうしても可愛くなってしまった。

本来の力を見せれば、間違いなく私は神殿に連行されるだろう。そして生涯無償奉仕を強いられるだろう。それはどうしても避けたかった。

人は良くも悪くも慣れて鈍くなる生き物だ。

本来厚意で与えられていたものを、次第に当然と考えるようになり、それを奪われれば憎しみを募らせる。

人を助けたところで感謝されるのは最初だけで、あとはただ当然のように搾取されるだけの日々が待っているのだ。

搾取されることが辛くなって逃げだせば、今度は裏切られたと責められる。

だったら最初から与えなければいい。それなら恨みに思われることもない。

持てる力を使わないことを罪だというのなら、そもそもそんな力、私はいらない。

「あなたがそれでいいなら良いけれど。私ったらとんでもない大型新人を捕まえちゃったわ」

うふふ、と笑うアーヴァさんが可愛い。その歳を重ねても滲《にじ》み出る可愛さ、是非見習いたい。

それにしてもアーヴァさん。気のせいでなければ領主様のお屋敷に向かっている気がする。

まさか、と思いつつも付いていったら、本当にそのままお屋敷の裏口に着いてしまった。

「実は私の仕事というのは、領主様のお屋敷の侍女長なの」

またしても少し悪戯《いたずら》っぽく愛らしく笑うアーヴァさん。いや、本当に女神では？

まさかこんなにも簡単に、そして正当に、オリヴェルの屋敷に入り込むことができるなんて……！

私、前世でよっぽど徳を積んでいたのかもしれない。

――って、私確かに徳を積んでるわ。なんせこの世界を一度救っているんだもの。

「あのね、領主のオリヴェル様は人間ではないのだけれど、とても良い方なのよ」

そうですね。奴《やつ》は竜ですね。だけどそれは別に周知の事実であり、何の問題もないと思うのだが。

どうしてアーヴァさんは、そんな不安そうにしているのだろう。

「はい、オリヴェル様は素晴らしい方だと思います。私、誠心誠意頑張ってお仕えしますね！」

私がガッツポーズしながらそう言えば、アーヴァさんは安心したように笑った。

「実はオリヴェル様が竜だからと、若い女の子たちはみんな怖がってしまって。新しい侍女がなかなか決まらなかったのよ」

なんと、アーヴァさんにとっても、私の存在は渡りに船であったらしい。

これはもう間違いなく、運命なのではないだろうか。たまにはいい仕事をするね神様。

――でも怖い、かなあ？

確かにオリヴェルは多少ツンデレを拗《こじ》らせていたものの、それほど怖いタイプではなかったと思うのだが。

「一見怖いかもしれないけれど……まあ、言動も怖いかもしれないけれど……良い方なのよ」

そんなに必死に念押ししなくても、と思ったが、私は大人しく頷《うなず》いておいた。

やはり圧倒的上位種である竜を目の前にすると、この世界の普通の人間はつい体が竦んでしまうものなのかもしれない。

私は異世界人で聖女だった上、地球で竜が出てくる創作物に慣れ親しんでいたせいで、あまり竜に対する恐れもなくて、気にならなかったけれど。

アーヴァさんに連れられて、オリヴェルの屋敷の中に入る。

そこは豪奢《ごうしゃ》な空間であった。そのキラキラしさに私はポカンと口を開けて周囲を見渡す。

こんなの、かつて前世で国王陛下から魔王討伐の任命を受けるため、王宮の中に入った時以来だ。

だが確かにその広さに対し、明らかに使用人が少ない。警備とか大丈夫なのだろうか。

まあ、オリヴェルを害せる人間なんて、そうそういないだろうけれど。

なんせ彼はこの世界で最強種の竜であり、世界一の魔法使いなのだから。

「ずっと五十年以上このお屋敷で働いてきたのだけれど、そろそろ年で体が限界なのよね」

「是非私をアーヴァさんの手足として、存分にお使いください」

「うふふ、トゥーリさんは面白いわね」

アーヴァさんは、本当におっとりしていて心優しい。

こんな優しい人が、五十年もそばにいてくれたのだ。

きっとオリヴェルの人間不信も、少しは治っているだろう……と思いたい。

「この部屋を使ってちょうだいな」

そう言って案内されたのは、使用人棟にあるシンプルながらも清潔で日当たりも風通しも良い、素敵な部屋だった。

家具もしっかりそろっており、今日からでも生活が始められそうだ。

これまで暮らしていた故郷の町にある診療所の、じめっとした屋根裏部屋よりはるかに素晴らしく、私は感動する。

何なら一生ここで暮らしたい。このまま私のことを定年まで雇ってくれないかな、オリヴェル。

そして部屋のクローゼットの中には、侍女のお仕着せが数着ハンガーにかけられていた。

おそらくこちらも新人のために、前もって用意されていたのだろう。

アーヴァさんに言われるがまま、お仕着せを身につける。

ロング丈のクラシカルなメイド服である。とても可愛い。

私とて一応は年頃の女の子なので、制服が可愛いとそれだけでテンションが上がる。

「さて。それではオリヴェル様にご挨拶にいきましょうか！」

「え？　いきなりですか！」

私は流石《さすが》に動揺した。オリヴェルに再会《エンカウント》する覚悟は、まだ決まっていなかった。

彼が私に気づいたらどうしよう。見た目も声も違うから、多分大丈夫だと思うが。

「大丈夫大丈夫、ちょっと怖いだけだから！」

そしてやはり先ほどから、やたらと怖いアピールされている。

オリヴェルは一体どうなってしまったのか。私もとうとう不安になってきた。

もしかして常時大蜥蜴《おおとかげ》スタイルでいるのだろうか。それはそれで見たいけど。

アーヴァさんと屋敷の奥深くへと進み、やがて一際大きくて豪華な扉の前に出た。

とんとん、とアーヴァさんがノックする。すると「入れ」とそっけない声が聞こえた。

随分と低くなってしまったけれど、確かに記憶にある声だ。

流石に百年以上経てば、竜だって成体になるのだろう。私の体に否応《いやおう》でも緊張が走る。

アーヴァさんが扉を開けようとするが、大きな扉が重いようでふらついてしまう。

私が慌てて彼女を支えようとしたところで、内側からあっさりと扉は開いた。

「……何の用だ？」

頭のてっぺんから、冷たい声が降ってくる。そして私の視界はガウンの合わせから覗《のぞ》く大きく盛り上がった素晴らしき男性の胸筋でいっぱいになった。

どうやらオリヴェル、あの頃よりもさらに身長が高くなったらしい。

私が恐る恐る顔を上へ傾けると、そこには吹雪のように鋭く冷たい金色の目があった。

その目の下にはべっとりと濃い隈《くま》があり、顔色もあまり良くない。

だが腰まである艶《つや》やかな黒髪に覆われたその顔は、相変わらず美しいとしか言いようがなかった。

最後に見た時よりも顎の線がシャープになって、精悍《せいかん》な顔立ちになっている。

渋みすら感じさせる、完全なる成人男性。

あらまあ、随分立派になっちゃって、という近所のおばちゃんのような感想を抱く前に、私はその迫力ある美貌と存在感に圧倒されて、立《た》ち竦《すく》んでしまった。

なるほど、確かにこれは怖い。慣れていない普通の人間の女の子であれば、怯《おび》えてしまうことだろう。

「新しく使用人を雇い入れようと思いまして。許可をいただきに参りました」

アーヴァさんは恐れることなく、腰を屈《かが》めてオリヴェルに言った。

「……好きにするがいい。人事に関してはそなたに一任している」

「ですが、やはり屋敷内を見知らぬ人間が歩いていたらお嫌でしょう？」

それからアーヴァさんが心配そうに、私の方をチラリと見た。多分挨拶しろということだろう。

私はアーヴァさんを支えたまま、オリヴェルをまっすぐに見据え、それからにっこりと笑って一つ

頭を下げる。

こちとら魔王とだって対峙《たいじ》したことがあるのだ。そう簡単に臆したりはしない。

そしてオリヴェル。まずは服を着ろ。すでに昼過ぎだというのになぜ未だにガウンで過ごしているのだ。

困った竜だと思いながら、私は彼の目をまっすぐに見つめて口を開いた。

「本日よりこちらで働かせていただくことになりました、トゥーリ・ハスティと申します。よろしくお願いいいたします」

なかなか滑らかに挨拶ができたと思う。だがオリヴェルはその形の良い眉を片方、訝《いぶか》しげに上げる。

「……ああ」

そしてやはりそっけなくそれだけを言って、すぐに部屋の中へ戻って行こうとした。

アーヴァさんがその背中に、慌てて声をかける。

「オリヴェル様、ちゃんと睡眠をとっておられますか？」

やはりアーヴァさんも、オリヴェルの目の下の隈が気になったらしい。

「問題ない」

対するオリヴェルは、やはり少し面倒そうに素っ気なく答えた。

いや、絶対問題あるでしょ。なんなのその隈。肌や髪の艶だって、私が知っている頃よりずっとくすんでるし！

「……用が済んだら出て行け。私は忙しい」

だけどオリヴェルはアーヴァさんの心配をよそに、バタンと容赦無く扉を閉めた。

なんなのその態度。相変わらず思春期なの？　いい歳していい加減にしろ。

「トゥーリさん、あのね……旦那様はあれでも悪い方ではないのよ……」

むっと黙ってしまった私に、アーヴァさんが心配そうに声をかけてくる。

おそらく主人が冷たくてショックを受けたのではないかと、心配してくれたのだろう。

だが私はこんなことで心が折れるほど、可愛げのある性格はしていない。

それにオリヴェルは、確かに見た目は怖いし態度は悪い。

だが扉が重くてなかなか開けられないアーヴァさんをすぐに助けたりする、優しいところはあまり変わっていない気もする。

「大丈夫ですアーヴァさん。私、頑張ります」

するとアーヴァさんは驚き目を見開いたあと、嬉しそうに笑ってくれた。

それからアーヴァさんは屋敷の中を案内してくれた。厨房《ちゅうぼう》や食堂、屋敷内のタイムスケジュール等。

「お昼は使用人用の食堂に食べに行く形よ。他にも休憩は適宜とってちょうだいね」

話を聞けば聞くほど驚きの白さな職場である。私は感動した。やはりここで一生働きたい。

「ところでアーヴァさん。旦那様には外出の予定とかはありますか？」

そう、私は彼に聞かねばならなかった。魔王討伐にはいつ行くのか、と。

ただ私自身が彼にそれを聞けば最後、今回も私が魔王察知能力のある神に選ばれし人間の一人であることが、オリヴェルにバレてしまうかもしれない。

悪いが私は、今世は普通の女の子として生き、天寿をまっとうすると決めたのだ。聖女にも英雄にもなりたくない。

よってオリヴェルが魔王討伐に向かう際に、しれっとお世話係の侍女として同行を申し出て、それがダメだったらこっそり後をつけて、必要な時に適宜協力をするつもりだったのだが。

アーヴァさんは私の質問に、なんでそんなことを聞くのかと不思議そうに首を傾《かし》げた。

「全くないと思うわ。そもそもオリヴェル様はここ十年くらい、一歩もお屋敷から……どころかお部屋からもほとんど出ていらっしゃらないのではないかしら」

「……なんと」

それは完全に、引きこもりのそれである。

かつて生きていた世界で、高齢化していると社会現象になっていたやつだ。確かにオリヴェルは二百歳近いし、超絶後期高齢者だもんね。

もしかしてオリヴェル、引きこもりだからと一日中ガウンで過ごしているのか。

随分と良いご身分で羨ましい。私もできるなら働きたくない。

「昔はもう少し、外に出てきてくださったのだけれど……」

寂しそうに目を伏せるアーヴァさん。本当にオリヴェルは、どうしてしまったのだろう。

前は好奇心旺盛で、旅の途中に初めて見たものや初めて食べるもの全てに目を輝かせていたのに。

まさか十年以上一歩も家を出ない、引きこもりになってしまうなんて。

とにかくしばらくは、彼がどうでるつもりなのか様子をみていくしかないだろう。

魔王が成長し切るまでには、まだしばらく時間の猶予はあるはずだ。

そうして私は、オリヴェルのお屋敷でメイドとして働き始めた。

やはりここは素晴らしく真っ白《ホワイト》な職場であった。

もちろん最低限の使用人でこの大きな屋敷を回しているので、仕事自体はそれなりに忙しい。まあ、それでも診療所よりは遥《はる》かにマシだが。

休憩はちゃんともらえるし、休暇ももらえる。さらにはお給金がいい。

大事なことだからもう一度言う。ものすごくお給金が良い。

かつて働いていた町の診療所で、どうやら私は随分と搾取されていたらしい。

当時の給金を口にしたら、このシュルヤヴァーラ侯爵領で定められている最低賃金を遥かに下回ると、アーヴァさんが目を三角にして怒ってくれた。

贅沢《ぜいたく》の類を一切せず朝から晩まで約五年間働いて、やっとシュルヤヴァーラ侯爵領への片道運賃が辛うじて払える程度の貯金しかできなかったことからも、お察しだ。

おそらく孤児だからと舐《な》められていたのだろう。私は。

だから私が辞める時、所長はあんなに必死になって引き止めたのだ。

なんせ安い賃金で叩き使える、良いカモがいなくなってしまうから。

当時外来患者はほとんど一人で対応させられていたし、よく考えれば真っ黒な職場だった。

そんなものなのかと、すっかり騙されていた自分が情けない。やはり辞めて正解であった。

私がいなくなって、今頃診療所は大変なことになっているだろう。私以外まともな神力保持者はいなかったから。

もちろん患者の皆様には申し訳ないが、多分町の人たちは、孤児であることで私が搾取されていることは薄々察していたはずだ。

それなのに誰も何もしてくれなかったのだから、あの町から私の心が離れてしまうのは仕方がないと思う。

今世は利己的に生きると決めたのだ。私は私を大切にしてくれる場所にいたい。

そう、たとえばこの屋敷のような。

なんせ上司がアーヴァさんだから、人間関係もノーストレス。しかも領主は竜だからか金に執着がないようで、お給料もいい。

素晴らしき職場環境に、私は毎日感激しながら過ごしている。

できるならアーヴァさんのように、長くここで働きたいと思う。侍女長だって目指したい所存だ。

やっぱり魔王討伐後も定年まで雇ってくれないかな、オリヴェル。

そんなことを考えてしまうくらい、私は満たされた日々を送っていた。

「これでどうでしょう?」

私は瞑《つぶ》っていた目を開き、アーヴァさんの膝にかざしていた手を離した。

すると彼女は何度か膝を折り曲げて、感嘆のため息を吐く。

「ずいぶん楽になったわ。トゥーリさんはすごいわね」

そして私は、定期的にアーヴァさんの腰と膝の治療もさせてもらっている。

だが治癒魔法とは、もともと持っている回復能力を引き出すものだ。

よって患者がご年配だと、どうしても効きが悪くなる。

さらに強制的に細胞分裂を促す再生魔法も、老いた身体には負担が大きい。

だから私でも彼女の体を一気に治すことはできない。それが申し訳ないのだが。

「いつもありがとう」

それでもにっこりと笑ってお礼を言ってくれるアーヴァさんが、今日も優しい。

しかも他の病院で治療を受けていた頃よりずっと調子が良くなったと、一般よりもやや多めに治療費を握らせてくれる。

私が好きでやっていることなのでお金はいらないと何度も伝え固辞したのだが、自分の技術や労力を安売りするなと、逆に叱られてしまった。

本当にアーヴァさんは、女神様なのかもしれない。彼女のおかげでこのところの私の人間不信がかなり改善した。

「……でもやっぱりこれ以上、仕事をするのは難しいのかしらね」

悲しそうにアーヴァさんが言うので、私は心が苦しくなった。

加齢と共に、どうしたって身体能力や認知能力は落ちていってしまうものだ。

いくら聖女であっても、老いに対しては、どうすることもできない。

「アーヴァさんがいなくちゃこの屋敷は回りません！　指示さえいただければ、私が代わりに動きます。どうぞ私を手足のように扱《こ》き使《つか》ってください……！」

「トゥーリさん……！」

私はアーヴァさんと手を取り合った。

前世今世共に家族に恵まれなかったこともあって、つい私は彼女を母親のように慕ってしまう。

こんな素晴らしい母がいたら、きっと私の人生は全く違うものだっただろうなと思う。

するとそこで、正午を告げる鐘が鳴った。しまった、と私は小さく飛び上がる。

「わ！　もうこんな時間……！　それでは私は、オリヴェル様のお昼の準備にいってきます！」

「ええ、よろしくね」

私は慌ただしく調理場に向かうと、すでに用意されていた昼食とお茶をワゴンに乗せて、オリヴェルの部屋へと向かう。

ノックすれば、いつものように「入れ」と冷たい声がする。

成竜になって少しは丸くなったかと思えば、余計に尖《とが》ってしまったらしい困ったドラゴンである。

「失礼いたします」

私がワゴンと共に部屋に入れば、朝運んだ朝食が、ほぼ手付かずのまま放置されていた。

食べ物を粗末にしてはいけないという教育を受けた元日本人として、さらには食事すらままならないという貧乏な孤児院で育った子供として、それを見てカッチーンときてしまうのは、仕方がないと思う。

オリヴェルはといえば長椅子に気だるそうに寝っ転がったまま、こちらに視線の一つもくれずに何やら魔術書のようなものを読んでいた。

相変わらずガウン一枚である。眼福《がんぷく》ではあるが、いい加減に服を着ろ。

ここで働き始めて早半月。今日という今日は言わせてもらうと私は口を開いた。

「……旦那様。少しは召し上がりませんと……」

するとオリヴェルは眉を顰め、あからさまに面倒そうな顔をした。

きっと他の人なら、その表情ひとつで恐れ慄《おのの》き、何も言えなくなるのだろうが。

前世、彼にウザ絡みしていた杵柄《きねづか》である。そんなことでは私は引かない。

「人は食べたものでできているのですよ」

「……おれは竜だが」

「竜だって一緒です。それともなんですか？　旦那様は植物のように鱗《うろこ》で光合成でもできるんですか？」

かつて彼とは口喧嘩《くちげんか》ばかりしていたからか、次から次へとポンポン言い返す言葉が出てきてしまう。

オリヴェルの眉間が、さらに不愉快げに深い皺《しわ》を刻んだ。

「おれは研究に忙しいんだ」

そう、オリヴェルは領主でありながら領地経営は優秀な人間の配下に任せっきりで、自身はずっと魔法の研究に明け暮れており、部屋からも全く出てこない。

そして研究に熱中していると、そのまま寝食を忘れる。

下手をすれば十日くらい何も口にせず、眠りもしないらしい。

そのことを、彼を五十年以上見守ってきたアーヴァさんは、とても気にしておられた。

あの優しい女神《アーヴァさん》を困らせるなんて、オリヴェルのくせに生意気である。

その昔、弟分としてよく彼を叱り飛ばしていた私としては、どうしてもその甘ったれた根性を叩《たた》き直《なお》してやりたくなるのだ。

この屋敷で働いている数少ない使用人の皆様は、主人が人外でも構わないという大らかで優しい方々ばかりで、オリヴェルのことを心から慕ってくれているというのに。

前世からオリヴェルの他人に感謝できないところが、心底ムカついていたのだ。

竜だからって、自分を大切に思ってくれる人たちくらい大切にしろと言いたい。

「……昼食もいらない。持って帰れ」

ぷいっと顔を背けられ、ぷちっと私の堪忍袋の緒が切れた。

残念ながら私の堪忍袋の緒は強度が足りない。神の聖女の選定条件が一体どうなっているのかはしらないが、元聖女でありながら私は感情の制御は苦手な方で、穏やかな性格とは言い難い人間である。

魔王もなんとかしなくてはならないが、この不摂生ドラゴンもなんとかしなければなるまい。

「持って帰りません！　健康に長生きしたいなら良き食事良き睡眠、そして適度な運動です！　旦那様は何一つされてないじゃないですか！　竜だからっていい加減にしないと体を壊しますよ！」

私が目を三角にしてぎゃあぎゃあ言えば、オリヴェルは片眉を怪訝《けげん》そうに跳ね上げた。

「……昔似たようなことを、しつこく言ってきた奴がいたな」

「あら。奇遇ですね。その方とは気が合いそうです」

私はすっとぼけて言った。それは間違いなく、前世の私である。

旅の最中もいつも不摂生をしがちなオリヴェルを、よく叱り飛ばしていたのだ。

竜だろうがなんだろうが、常にコンディションは整えておけと。いつ魔物との戦闘が発生するかわからないのだから、と。

「そいつは臆病なくせに、格好つけたせいで無駄死にしたがな」

「…………！」

いやいやいや、そんな言い方はないのでは！　私はまたカチンときた。

確かにそれは事実ではあるけれど、流石の私も傷付くのだが。

「……本当に、馬鹿な奴だった」

挙げ句の果てに馬鹿ときた。失礼にも程がある。私は何かを言い返そうとして、オリヴェルを睨みつけ。

そして、何も言えなくなってしまった。

——オリヴェル。あんた、なんて顔をしてるの。

私は彼の顔を見て、思わず泣きそうになった。

彼の目にあるのは、どこまでも深くて暗い、絶望と悔恨だった。

その時、私の中に湧き上がったのは、どうしようもない罪悪感だ。

生まれ変わって、勇者パーティーのメンバーの顛末を知った時。私は焦燥に駆られた。

もっと私の命を惜しんでほしかった。悼んでほしかった。悲しんでほしかった。忘れないでほしかった。

だってそうじゃなきゃ、全てを失ってたった一人死んでしまった私が、あまりにも可哀想で報われないじゃないか。

――だけど、こんなにも長く深く絶望してほしいわけじゃなかった。

「……大切な方だったのですね」

私は否定の言葉が返ってくることを想定して、オリヴェルにそう聞いた。

『やっぱり人間なんて嫌いだ……』

『オリヴェルったらまたそんなこと言って。主語が大きすぎるわよ。私だって人間だけど、私のことは嫌いじゃないでしょ？』

『…………お前のことだって、ちゃんと嫌いだ。……多分』

だってそう言って照れ隠しのように、頬を染めながら怒っていた彼を思い出したからだ。

だから『大切じゃない』と。反発して言ってくれるはずだと思っていたのに。

「——ああ。どうしようもなく、大切だった」

少しだけ逡巡《しゅんじゅん》した後、まるで恋焦がれるような目を虚空に向けて、彼はそう言った。

私の背筋を、ぞくぞくと甘い痺《しび》れが走り、胸がきゅうっと締め付けられた。

——だから、なんて顔をしているのよ。オリヴェル。

そんな、愛《いと》おしくて仕方がない、みたいな。

とうとう私の視界が、涙で歪《ゆが》んだ。

いつも憎まれ口ばかり叩いていたくせに、そんなに私のことが好きだったのか。

百年以上も引きずってしまうくらいに、そんなに私のことが大切だったのか。

当時の私は、全然気付いていなかった。どうして教えてくれなかったの？

はらはらと涙を流す私を、オリヴェルが不思議そうに見ている。私は誤魔化《ごまか》すように笑顔を作る。

ああ、あの時オリヴェルに意識があったのなら。きっと私と一緒に死んでくれたのだろう。

だからこそ私は、久しぶりにあの時の選択を誇らしく思えた。

オリヴェルが生きていただけでも、本当に良かったと。

彼がガウンの袖口で、私の顔をゴシゴシと拭いた。ぶっきらぼうだが優しい竜だ。でもちょっと痛い。

「……だったら余計に食べなくちゃダメですよ。その方に、次に会った時に怒られます」

「……もう死んでしまった人間に、どうやって会って怒られるっていうんだ」

たった今、現在進行形で怒られているとは思わないのだろうな、と思って私は小さく笑う。

「きっとその方は、旦那様のことを見守っておられますよ。多分近くの草葉の陰とかから」

「……なんだそれは」

こちらの世界では草葉の陰の概念はなかったらしい。当たり前のことだが。

「……魂など都合の良いものがあると思うか？　死後の世界などという都合の良いものが……」

オリヴェルの目が、暗く陰る。だがそれがあるのだ。なんせ私の存在自体がその証明である。

「……死んでしまったら、全てが終わりだ」

だからそんな荒《すさ》んだ顔で、希望のないことを言わないでほしい。

もういっそ自分が『宮野愛梨』の記憶があることを、言ってしまいたい衝動に私は駆られる。

そうしたら少しは彼の心も、癒えたりはしないだろうか。

魂も死後の世界も信じていない彼に、自分という存在をどうやって伝えたらいいのかはわからないけれど。

「……私は旦那様のことが大好きですよ」

ふと、そんな言葉が口から溢れた。そう。私は彼のことが、どうしようもなく好きになってしまった。

なんせ私は、勇者のあの軽い愛の言葉にすら揺れ動いてしまうほどに、容易で寂しい人間なのだ。

好きだと言われたら、言ってくれた相手を好きになってしまうくらい、単純で愚かな人間なのだ。オリヴェルがこんなにも重い感情を私に抱いてくれていたと知って、何も思わずにいられるわけがなかった。

当時はただ、生意気なドラゴンだと思っていたのに。

唐突な私の言葉に、オリヴェルは怪訝そうに片眉をあげた。

「もちろん私だけではないですよ。アーヴァさんだって旦那様のことが大好きですし、いつも心配しています。この屋敷に長く勤めている人間は皆、旦那様のことが大好きで、皆、旦那様のことが心配なんです」

私はまっすぐにオリヴェルの黄金色の目を見る。やっぱり本当に綺麗だ。

愛梨だったころから、私は彼のこの目が大好きだった。

「——あなたが生きていてくれて、本当に良かった」

それは私の心からの想いだった。オリヴェルを助けられて、本当に良かった。本当に、それだけは。

「……なんだそれは」

「……なんでしょうねえ」

私が笑いかければ、オリヴェルは明らかに動揺していた。

こんな馴《な》れ馴《な》れしい使用人は、今までいなかったのかもしれない。申し訳ない。

だがやはり前世から彼にウザ絡みしていたので、つい気安くなってしまうのは許してほしい。

「さあ、それでは昼食を食べてください。食べてくださるまで、私ここに居座りますよ！」

「はあ？　なんでそんなことをされなきゃいけないんだ」

「私がしたいからです」

私はニコニコと笑いながら、お茶を淹《い》れて差し出す。

するとオリヴェルは非常に不本意であることを隠さないまま、渋々と食事をとり始めた。

オリヴェルが案外押しに弱いことを、かつての生で私は知っていた。

なんせ聖女に逆らえない彼に我儘《わがまま》を言って、彼を色々なところに連れ回したりしていたから。

ぎゃあぎゃあ文句を言いつつも、私のことを無下にできず、いつもオリヴェルは付き合ってくれた。

寿命の長さの違いから、いずれは彼がひとり取り残されることを知っていた。

だからひとりぼっちになってしまうドラゴンに、少しでも人間を好きになってほしかった。そんな愛梨の自己満足。

そうしたら自分自身が生まれ変わって、知らなくてもいい後日談を知り、うっかり人間不信になってしまったけれど。

「ほら、食べ終えたぞ。とっとと出ていけ」

すっかり空になったお皿を確認して、私は良くできました、とばかりに笑う。

するとオリヴェルは、またわずかに目を見開く。本当に図々《ずうずう》しい使用人で申し訳ない。

「……お前は変なやつだ」

「そうですねえ。自分でもそう思います」

お詫《わ》びとばかりに私はお茶を淹れ直し、そのそばにクッキーが数枚入った皿を置いた。

実はオリヴェルは、甘いものが好きな甘党ドラゴンなのだ。

旅の途中で市が立つと、いつも私は彼と一緒に甘いお菓子を買い、一緒に食べ歩いていた。

なんせ他のメンバーは甘いものが苦手な人が多かったので、付き合ってくれるのはオリヴェルだけだったのだ。

「このクッキー、美味《おい》しかったのでよろしければ。小腹が空いた時に食べてくださいね！」

するとオリヴェルはおもむろに指を伸ばし、その一つ口の中に放り込んだ。

ほんの少しだけ、彼の頬が緩む。ああ、前世でもその瞬間が好きだった。

普段無表情、もしくは不快そうな顔しかしない彼の表情が、甘いもので柔らかく解ける様が。

私が無理やり彼の口に甘いものを入れるたび、オリヴェルはそうやって少しだけ頬を緩めてくれた。

思春期だからか、甘いものが好きということを周囲に知られたくなかったらしい彼は、ひた隠しにしていたようだけれど。

だから私に付き合わせるという体にして、オリヴェルのいと高い自尊心を傷つけぬように二人でよく甘いものを市場に探しに行ったものだ。

先ほど私にこのクッキーをくれた料理人に『旦那様にもこのクッキーを出していいか』と聞くと不思議そうな顔をされてしまった。

相変わらず甘いものが好きであることは、周囲に隠しているらしい。

だが私は知っているのだ。残念だったなオリヴェル。なんせ前世からの付き合いである。

「では次は夕食の時に参ります！」

「また来るのか……」

「ええ。もちろん来ますよ！　私は旦那様が大好きなので、健康に元気に生きてもらわなきゃ困るんです」

「………そうか」

私は食べてもらえなかった朝食と空になった昼食の皿をワゴンに乗せて、頭を一つ下げると鼻歌を歌いながらご機嫌にオリヴェルの部屋から出て行った。

この頑張った成果を、アーヴァさんに見せて褒めてもらわねばなるまい。

そしてなんとかあの不摂生ドラゴンに、真っ当な生活を送ってもらうのだ。

このままの不健康な体では、魔王などとても倒せまい。つまりこれは、世界を救うための戦いでもあるのだ。うん、なんだか壮大な感じになってきたぞ。

「よし、頑張るぞー！」

私はワゴンを押しながら、拳を振り上げて気合いを入れた。

第二章　不摂生竜《ドラゴン》の生活改善計画

「旦那様には今後、しっかり三食と睡眠と適度な運動をとっていただきます！」

そう高らかに宣言する侍女を、オリヴェルはうんざりと見やった。

一ヶ月ほど前にオリヴェルの屋敷で侍女として働き始めた、このトゥーリという名の人間の小娘。

小柄な体で、独楽鼠《こまねずみ》のようにちょこまかと良く働く娘なのだが、とにかく図々しい。

これまで静かだったオリヴェルの生活にズカズカと入り込んできて、あれやこれやと世話を焼くのだ。

「うふふ。旦那様はすぐにそうやって表情に出ますねえ」

トゥーリはそう言って、なぜか懐かしそうに笑った。

どうやら自分は今、心底面倒そうな顔をしていたらしい。

わかっているのならやめてくれればいいものを。オリヴェルは内心溜息《ためいき》を吐く。

別に長生きしたいなどと思っていないし、健康でいたいとも思っていない。

もう二百年近く無為に生きてきて、生きることにも飽いている。特に死ぬ理由がないから、ただ惰性で生きているだけだ。

だからトゥーリのしていることは、全くもって無意味なことだというのに。

彼女の顔を見ると、妙に居心地が悪くなって、何も言えなくなるのは何故だろう。

「でも食事と睡眠と運動は、生きていく上で大切なものなんですよ」

「……おれには必要ない」

「必要あります」

一応は逆らってみたが、ぴしゃりと言い切られた。本当に一体なんなのだ、この侍女は。

馴れ馴れしい上に生意気で、オリヴェルに対して言いたい放題してくるその図太い神経。

普通人間は皆、竜であるオリヴェルを前にすると、本能的に畏怖し萎縮して口がきけなくなるものなのに。

この娘は最初から、全く臆することなく真っ直ぐにオリヴェルの黄金の目を見据えていた。

その視線に、不思議とオリヴェルの心がぎゅっと締め付けられた。

そして何故か彼女の言うことには、不思議と逆らえなくなってしまったのだ。

(……ああ、そういえばあいつもそうだったな)

かつてオリヴェルが竜だと聞いて、恐れるどころかむしろ目をきらきらと輝かせて見つめてきた、人間の小娘のことを思い出す。

元の竜の姿を見てみたいとせがまれて、頭がおかしいのかと思った、異世界から来た聖女。

竜の姿になってやれば、怖がるどころか大興奮してきゃあきゃあ喜び、オリヴェルの鱗に気安く触れた。

竜であるオリヴェルからしても懐かしい、遠い昔の記憶だ。

そんな彼女が、この目の前の図々しい侍女とやたらと重なって見える。何故だ。

「旦那様は食べないからそんなに顔色が悪いんです。寝不足だからそんな濃い隈ができるんです」

ぐちぐちと説教され、オリヴェルはふと回想から現実に戻り、またため息を吐く。

とにかくこの新人侍女トゥーリは、母親かというくらいに口うるさい。

何故偉大なる最後の竜である自分が、こんな出来の悪い息子を見るような目で見られなくてはならないのか。

自分は彼女より、二百歳近く年上のはずなのだが。

しかもトゥーリは長年侍女長をしてくれているアーヴァまでも言いくるめ、オリヴェルの専属食事配膳係を勝ち取ってしまい、毎日彼の元まで食事を運んでくるようになった。

その上きちんと食べるまで部屋に居座られるため、オリヴェルはこのところ、渋々ながらも食事を毎回とる羽目になっている。

おかげでトゥーリとは顔を合わせている時間が長い。すると必然的に会話も増えてしまう。不本意である。

挙句の果てにトゥーリは、夜にまでオリヴェルの部屋に押しかけてくるようになった。

「旦那様、そろそろ日付が変わりますよ。寝る時間です」

「…………必要ない」

「睡眠は大事です。睡眠不足は寿命に直結します。諦めて寝台に行ってください。寝てくださるまで私はここを動きませんよ……！」

「…………帰れ」

「何なら子守唄でも歌いましょうか？」

「…………いらん」

やはりトゥーリに何やら小さな子供扱いされているような気がするのは、気のせいだろうか。危機感がないにも程がある。竜としても男としても、トゥーリはオリヴェルを全く恐れない。

そのことがこそばゆくもあり、なぜか酷く腹立たしくもなる。

オリヴェルが寝台に行くまで本当に出て行かないトゥーリのせいで、オリヴェルは渋々ながらも健康的な睡眠時間まで取る羽目になっている。おかげで研究時間が大幅に減ってしまった。

そのせいで明らかに体調が良くなっていることも、それどころか集中力が増して研究が普段より進んでいることも腹立たしい。なにもかもがトゥーリの思惑通りで悔しくなる。

大体なんでこの娘は、深夜遅くに男の部屋にのうのうと入ってくるのか。オリヴェルのことを男だと思っていないのか。

「きゃっ！」

無性にいじめてやりたくなって、オリヴェルは寝台に向かう途中にトゥーリの手を引っ張った。

あまりにも容易くオリヴェルの腕の中に転がり込んでくるトゥーリを、そのまま寝台に引《ひ》き摺《ず》り込《こ》み押し倒してみた。

彼女の若草色をした猫のような円旦杏型《アーモンド》の目が、大きく見開かれる。

そこに自分の姿が映っていて、不思議とオリヴェルの嗜虐《しぎゃく》性を煽《あお》る。

するとトゥーリはオリヴェルの体の下でほんの少しだけ動揺し、顔を赤くした。

（……可愛いな）

久しぶりに人間に対し、オリヴェルはそんな感情を持ってしまった。

普段振り回されているからか、その顔に、ほんの少しだけ胸がすいた思いがして。

「……っ！」

トゥーリの目にうっすら涙が滲んだことで正気に戻ったオリヴェルを、怒涛《どとう》の自己嫌悪が襲った。

（いったい何をやっているんだ、おれは……！）

「ちょっとオリヴェル……！　じゃなくて旦那様、いい加減重いんですけど」

先ほどまで恥ずかしそうに赤い顔をしていたトゥーリは、今や憤怒の顔をしていた。

オリヴェルは慌てて彼女の上から逃れると、動揺のあまりテーブルの角に太ももを打ちつけた。地味に痛い。

「……なにをしてるんですか？」

トゥーリの呆れたようないつもの声に、安堵しつつも苛立《いらだ》ちが沸く。

「……お前がのうのうと、真夜中に男の部屋に入ってくるからだ。警戒心が足りないだろう」

「だったらちゃんと寝てくださいよ。旦那様がちゃんと寝てくださるなら私だってこんなことしないんです」

彼女の何でもないような表情が、悔しい。なぜ自分はこんな人間の小娘に振り回されているのか。

トゥーリはオリヴェルの寝台から降りると、一つため息を吐いた。

「旦那様はもしかして、おひとりじゃ寝られないのかな、と思って来て差し上げたのに」

そしておどけたようにそんなことを言って、揶揄うように笑った。

酷いことをしたはずなのに、彼女は全く気にしていないようだ。

オリヴェルは安堵して、それから何故か酷く苛立った。そんな何でもないような顔をしないでくれ、と。

「……悪かった」

相手が流してくれたとしても、自分が傷つけた事実が消えるわけではない。オリヴェルは小さな声で詫びた。

するとトゥーリは驚いたように目を丸くして、それから弾けるように笑った。

「旦那様ったら、ちゃんと人に謝れる竜だったのですね……！」

「おい、お前、雇い主を何だと思ってる」

またオリヴェルの胸をこそばゆいような、何とも言えない感覚が襲う。

「大体、なんでお前はそんなに健康とやらにうるさいんだ……」

それを誤魔化すように、トゥーリを攻めれば、彼女は少し困ったように笑った。

「いやあ、長生きしたいんですよね。私。生涯無病息災で過ごして、老衰で死にたいんです」

目指せ大往生！　などと言って笑う彼女に、オリヴェルは内心首を傾げる。

どうみてもまだ十代後半にしか見えないのに、何故もう己の人生の終末期について考えているのか。

いくらなんでも老成しすぎである。年齢的にもっと可愛らしく将来の夢でも語ってほしい。

「だからオリヴェル様にも、長生きしてほしいんです」

彼女のその言葉に、やはり何故かオリヴェルの胸がぐっと締め付けられる。痛くて、苦しい。

（……本当に、なんなんだ）

『どうしてもオリヴェル様がご不快ということでしたら、トゥーリを担当から外させますが』

少し前にトゥーリについてオリヴェルがぶつぶつ文句を言っていたら、侍女長のアーヴァがそう提案をしてきた。

そうだ。そんなに面倒なら、彼女を己の担当から外せばいい。簡単なことだ。

アーヴァに一言言うだけで、すぐにトゥーリはオリヴェルの目に入らぬところへと、異動させせられることだろう。

それなのにオリヴェルは、無意識のうちに首を横に振っていた。

『……いや、別に。そこまでしなくていい』

気に食わないし、腹立たしいし、憤りすらも覚えるのに。

――何故かどうしても、彼女を遠ざけることができない。

いや、遠ざけたくない。己の目の届かないところに、行かせたくない。この感情は一体なんなのか。

『今日もおはようからおやすみまで、旦那様の生活を見守るトゥーリです！』

などと訳のわからないことを言ってオリヴェルにまとわりつき、朝になれば叩《たた》き起《お》こしにきて、三食食事を取るまで監視をしてきて、なんなら夜には寝かしつけまでしてこようとする人間の小娘。

（――本当に、なんでこんなにも重なるんだ）

かつてオリヴェルが愛した聖女。黒髪黒目の可愛いアイリ。見た目だけなら、全く違うのに。

アイリもやたらと口うるさく、オリヴェルはいつも彼女に叱られていた。

だがアイリが叱るのは、自分に心を砕いてくれているからだということも、知っていた。

どうでも良い相手に対して人は関心を持たないし、注意したり叱ったりしないものらしいから。

『オリヴェル！　あんたってどうしていつもそうなの！』

腰に手を当ててぷんぷん怒る彼女が可愛くて、たまにわざと怒らせたりもした。

アイリのくるくる変わる表情を、ずっと見ていたかったのだ。

異世界から来たという彼女は、全くもってオリヴェルを恐れなかった。

そして竜であるオリヴェルに、何故か人間としてのあるべき姿を説き、叩《たた》き込《こ》んだ。

『いい？　オリヴェル。人に何かしてもらったらありがとう、何かしちゃったらごめんなさいとちゃんと言うのよ』

『なんでそんなことを言わなきゃいけないんだ』

『なんでもよ。人間関係を円滑に保つコツなの』

『おれは人間じゃないし』

『お黙り。人型を取っているのなら、人間に合わせるのがマナーでしょう』

そして彼女がそんな上からな態度を取るのも、自分にだけだった。

他のパーティーメンバーの前では、もう少しお淑《しと》やかにしていた。彼らが人間としてアイリよりも年上だからかもしれない。実際にはオリヴェルの方がずっと年上なのに、解せない。

アイリは特に勇者の前では、随分と猫をかぶっていたようだ。

『ヨアキムの前のお前は、なんだか気持ち悪い』

『そんなことはないわよ』

『なにかやたらと目がうるうるしているし。声もいつもより高くなる。おれと話す時と全然違う』

『さっきからなんなのよ、失礼ね！　だってヨアキムは格好良くて気が利いて優しいもの。あんたみたいに私を怒らせないし』

わざと怒らせている自覚は、ちょっとあった。オリヴェルは思わずそっと目を逸らす。

確かにヨアキムは自分より六十歳以上も年下なのに、妙に落ち着きがあって、それなのに優しくユーモアもあって、いつもアイリを笑わせていた。

だからアイリがヨアキムに恋をするのは、当然と言えた。――怒らせてばかりのオリヴェルではなく。

(それにやっぱり人間は、人間同士で番《つが》うべきだしな……)

だとしたら番とするのに、ヨアキムは悪くない人間だと、オリヴェルだって思う。

なんせ人間のくせに竜に匹敵するほど強くて、落ち着いていて温和で、この世界を救う勇者様なのだから。

――長き旅の末、魔王城を前にした。決戦前夜。

なんとなく落ち着かなくて。ぼうっと星を眺めているオリヴェルの前にアイリがやってきた。

オリヴェルは竜である。竜の目は人間よりも夜目が利く。だから暗がりの中でも、アイリの顔が真っ赤であることを見てとることができた。

そして彼女の顔が赤い理由も、オリヴェルは知っていた。

『――魔王に挑む前に、アイリに求婚しようと思う』

そう、ヨアキムが親友でもある戦士ペトリに相談しているのを聞いてしまったから。

『君も応援してくれるだろう？　オリヴェル』

爽やかに笑って、すぐそばにいるオリヴェルに、そう宣《のたま》うヨアキム。

今思えば、それはアイリと仲の良いオリヴェルに対する牽制《けんせい》でもあったのだろう。

彼の首を、今すぐ竜の姿に戻って噛《か》み千切ってやりたい気持ちを必死に堪えて、オリヴェルは興味なさそうに肩を竦めた。

『好きにしろよ。まあ、あんな凶暴な女の、どこがいいのかは知らないけど』

『だってアイリは優しいだろう？　それに聖女だからかな。そばにいると癒やされるんだ』

『…………』

――そんなこと、ヨアキムに言われるまでもなくオリヴェルだって知っていた。

アイリのそばは、いつだって居心地が良い。

だがオリヴェルがそう思うということは、他の皆もそう思うということで。

だったらやはりその場所は、彼女と同じ人間に譲るべきなのだろうと、オリヴェルは己の心に言い聞かせた。

そう、アイリの幸せを思うならば。おれには関係ない。彼女に必要なのは、自分ではない。

『――勝手にすればいい』

それだけを言って、オリヴェルはその場から離れたのだった。

おそらく真っ赤な顔のアイリは、決戦を前にしてヨアキムから求婚されたのだろう。

『そんな顔をして、どうした？』

沸々と腹の底から煮《に》え滾《たぎ》る何かに気付かないふりをして、オリヴェルはしれっとアイリに聞いた。

『……ヨアキムに求婚《プロポーズ》されたの』

これまでにない小さな蚊の鳴くような声で、アイリは言った。

わかっていたくせに、オリヴェルは心に少なくない衝撃を受ける。

『ふうん。それで、アイリはヨアキムと番うのか？』

『番うって……人間はそんな表現は使わないよ』

アイリは小さく吹き出して、くすくすと笑った。そんな顔もとても可愛い。

『……一応魔王討伐が終わるまで、返事は保留にしてもらったの。だって最終決戦前にプロポーズって、明らかに死亡フラグじゃない？』

『しぼうふらぐ？』

『そう。何か大きなことを成す前に、未来を語るのは縁起が悪いとされているの。……私の生まれ育った国ではね』

『ふうん。そんなもんか』

彼女がヨアキムの求婚を受け入れなかったことに、オリヴェルは明らかに安堵していた。とどめを刺されることが、ほんの少し後回しになっただけとはわかっていても。

『それに私、まだ元の世界に戻ることを諦め切れないの。こんな心でヨアキムの求婚を受け入れるのは逆に不誠実な気がして……』

異世界への道は、向こうからこちらへの一方通行だ。

アイリは召喚してすぐに、国王からそのことを伝えられていたはずだった。

だからといって、簡単に諦め切れるものではないのだろう。

時々オリヴェルは、アイリから元の世界の話を聞いていた。圧倒的に文明の進んだ、異世界の話を。

家族や友人から突然引き離されて、違う世界に召喚され、一方的に命の危険を伴う魔王討伐を押し付けられて。アイリの精神的負担はいかばかりか。

ふざけるな、と彼女はもっと怒ってもいいし、もっと憤ってもいいと思うのに。

生真面目なアイリは人々に望まれるままに微笑んで、怒りも不満も全て飲み込み、ただ献身的な聖女であり続けた。

この世界は豊かで平和な世界に生まれ育った彼女にとって、非常に厳しい場所だ。

だから帰ることを望むのは、当たり前のことなのに。

(ヨアキムですら、アイリがこの世界に残りたい理由にはならないのか)

だったら自分など、なおのことその理由にはなれまい。虚《むな》しさと寂しさがオリヴェルの心を苛《さいな》む。

『いろいろ方法を探してみて、やっぱり無理だって諦めがついたら、彼との結婚を考えてみようかなぁって思ってる』

本当は帰る方法などない。そのことをオリヴェルは知っていた。けれども言えなかった。

『でもまあ、まずは順当にお付き合いからよね。まだ流石に結婚するのは早いと思うし』

彼女の二十二歳という年齢は、竜にしては子供だが、人間としては十分大人だ。

この国では結婚するのに遅いくらいである。けれどもそれも言わなかった。

だって言ってしまったら、アイリがすぐにヨアキムのものになってしまいそうで。

『じゃあ魔王を倒したら、おれが帰る方法を一緒に探してやるよ』

そうなる前に、少しでも彼女のそばにいたくて。オリヴェルはそんなことを言ってみた。

するとアイリは驚いたように目を見開き、それから花開くように笑ってくれた。

『あんたは優しいわね。オリヴェル。ありがとう』

その時の彼女の笑顔を、オリヴェルは今でも鮮やかに思い出すことができる。

生まれて初めて、己が竜であることに、憤りを覚えた。ああ、自分も人間であったらと。

『――ほら、そろそろ寝ろ。睡眠は大切だっていつも口うるさくおれに言っているくせに』

『……うん。でも眠れそうにないの』

そこでオリヴェルは、アイリの体のわずかな震えに気付いた。

ずっと強い女だと、勝手に思っていた。だがどうやらそれは間違っていたらしい。

『アイリ?』

『……どうしよう』

『おい、大丈夫か?』

『ねえ、オリヴェル。私ね。怖いの。本当は怖くてたまらないの』

アイリはずっと、精一杯虚勢を張っていたのだ。自分は聖女だから、と。

『魔王なんて本当に倒せるのかな。……私、まだ死にたくない……』

彼女の漆黒の細くて小さな目から、みるみるうちに涙が溢れだす。

共に旅をして一年近くが経っていたが、彼女の涙を初めて見た。

きらきらととても美しいその雫《しずく》を、オリヴェルは愕然《がくぜん》と見つめていた。

アイリはその場にしゃがみ込み、膝を抱えて顔を伏せ、小さく嗚咽《おえつ》を漏らし始める。

オリヴェルはどうしたらいいのかわからずオロオロしたあとで、彼女の横に同じようにしゃがみ込んだ。

『……アイリ。大丈夫だ。ヨアキムもいるし、おれもいる』

そうしてようやく口から出たのは、なんの捻《ひね》りもない元気付けるための言葉で。

涙をこぼしながら、アイリが小さく頷く。

『おれが、守る。絶対に、死なせない』

そして彼女は一頻《ひとしき》り泣いた後、涙を拭いて顔を上げた。

『みっともないところを見せちゃってごめんね。他のみんなには何となく泣き言が言えなくて』

『別に、いい。お前がみっともないのはいつものことだろ』

自分にだけ弱いところを見せてくれる。それは彼女の中で自分も少しくらい特別だということで。

そう考えると思わずオリヴェルは、ニヤニヤと顔が緩んでしまう。

『この大蜥蜴……。ムカつく……』

そう言って困ったように黒い眉を下げて、小さく唇を尖らせている、そんな彼女の震える肩を。

抱き締めて慰めれば良かったと、その後オリヴェルは、何度も何度も悔やむことになる。

これが最後だとわかっていたなら。間違いなくそうしたのに。

――愛しくてたまらない、オリヴェルの唯一。

(――ああ、アイリが好きだ)

そしてオリヴェルは、とうとうその感情を認めざるを得なかった。

自分はこの強くて脆《もろ》い、人間の聖女に恋をしてしまったのだと。

魔王を倒したら、きっとアイリはヨアキムと結ばれて、オリヴェルはまたひとり、世界を旅するのだろう。

わずかな可能性に縋り、自分以外の竜を探して、孤独に苛まれながら。

そう考えると、ただ己の未来が、無駄に長い寿命が、酷く疎ましく感じた。

(――ああ、虚しいな)

だからこそ翌日の魔王との戦いの時。誰もが満身創痍の中で。

『アイリ……！』

蛇のように地面を這《は》ってアイリの元へと向かう暗黒の炎に気づいたオリヴェルは、彼女を押し退《の》けて代わりにその炎をこの身に受けた。

『ぐあああああっ……』

目の前が真っ赤になり、身体中焼け爛《ただ》れる激痛がオリヴェルを襲った。

『オリヴェル……！』

地面に尻餅をついたアイリが目を見開き、泣きそうな顔で燃えるオリヴェルに必死に手を伸ばす。

そんな顔をさせているのが自分だと思うと、真っ赤な視界の中、ほんの少しだけ胸がすく思いがした。

このままアイリを守って死んだら、彼女の心に生涯自分の存在を刻むことができるかもしれない。

彼女は幸せに生きて、けれどもふとした瞬間に思い出すのだ。自分のために命を擲った愚かな竜のことを。

それは悪くないな、と思い。そして猛烈な痛みの中、オリヴェルは意識を手放した。

『……ここは、どこだ?』

そして目を覚ませば、オリヴェルは清潔な寝台の上に寝かされていた。どうやら自分は死ねなかったらしい。

安堵の気持ちと残念な気持ちが半々で、オリヴェルはゆっくりと身を起こす。

常に感じていた重苦しい魔王の気配が消えている。

どうやら自分が意識を失った後、仲間たちは無事、魔王討伐に成功したらしい。

これでこの世界は救われた。めでたしめでたし。——だが、そんなことよりも。

(……アイリは、どこだ?)

オリヴェルは周囲を見渡すが、アイリの姿はない。

あれほど身を苛んだ、熱も痛みもない。おそらくはアイリが治癒魔法をかけてくれたのだろう。

焼け焦げたはずの肌は滑らかで、傷一つなかった

聖女なだけあって、アイリの治癒能力は素晴らしい。多少の欠損ならば簡単に治してしまう。

（……礼を言わなきゃな）

人間には、ありがとうとごめんなさいをちゃんと言わねばならないのだ。そのままにしたら、また彼女に叱られてしまう。

オリヴェルは寝台から立ち上がり、ふらりと部屋の外に出る。

見覚えがある風景だ。どうやらここは、魔王城に最も近い村の宿屋のようだ。

何やら楽しそうな音楽や歓声が聞こえる。

魔王討伐を祝って、宿屋の食堂で祝宴が開かれているらしい。

（みんな、無事なのか……？）

人の声に誘われ食堂に行ってみれば、勇者パーティーを囲んで、この村の村人たちが、どんちゃん騒ぎをしていた。

だがパーティーメンバーたちの表情は、いまいち晴れない。

魔王を倒したというのに、一体何故なのだろう。

そしていつもならメンバーたちの中心にいるはずの、アイリの姿がない。

一体どこへいってしまったのだろう。

『ヨアキム……』

すでに散々飲まされているのだろう。赤い顔をした人間の勇者にオリヴェルは話しかける。

すると彼は、安堵したように小さく笑った。

『ああ、オリヴェル。良かった、目が覚めたのか。陛下から託された最後の竜である君まで失ったら、どうしようかと思っていた』

まるですでに誰かを失ったかのようなその言葉に、オリヴェルの背筋が冷える。

『……ヨアキム。アイリの姿が見えないんだ』

自分の声とは思えないくらいに、オリヴェルの言葉が空虚に響いた。

ヨアキムがオリヴェルから目を背ける。まるで答えたくないとでもいうように。

『……ヨアキム。アイリは、どこだ？』

底冷えするような声が、己の口から漏れた。

同時に己の体から魔力が漏れ出し、周囲が凍りつく。その場にいた村人たちが小さく悲鳴を上げた。

『落ち着け！　オリヴェル！　こんなところで魔力を垂れ流すな！　一般人がいるんだぞ……！』

そう言ってヨアキムは、オリヴェルの腕を引っ張って、無理矢理《むりやり》宿屋の外へと連れ出す。

『答えろ。アイリはどこだ？』

察しろ、とばかりにヨアキムは、オリヴェルを睨《にら》み返《かえ》した。

だが認めたくないオリヴェルは、ただただ質問を繰り返す。

『アイリは、どこだ？』

『……アイリは、魔王城の下だ。僕たちを庇って、死んでしまった』

それを聞いた瞬間。オリヴェルは一気に竜の姿に戻り、ヨアキムをその前脚で踏みつけた。

巨大な漆黒の竜が突然現れ、魔王を討伐した勇者に襲いかかるという事態に、村人たちは悲鳴をあげて逃げ出し、戦士のペトリは必死にふたりを止めようとする。

『落ち着け！　オリヴェル……！』

『お前、アイリを見捨てたのか……！』

『仕方がなかった……！　どうにもできなかったんだ……！』

さすがは勇者といったところか。竜のオリヴェルが全体重をかけても、ヨアキムは潰れずにいた。

『アイリが逃げろと言ったんだ……！　他に助かる方法はなかった！』

『だが！　それでも……！』


――愛していたのではなかったのか。アイリのことを。

だからこそ自分は、彼女にこの思いを伝えなかったのに。

自分なら絶対に、最期まで彼女を一人にはしなかったのに。

オリヴェルは絶望に呑《の》まれ、吼《ほ》えた。

強大な竜の咆哮《ほうこう》に、地面が揺れ人々が恐れ泣き叫ぶ。

すると踏まれたままのヨアキムは、冷静な目でオリヴェルを諭した。

『――僕を殺す気かい？　オリヴェル。アイリが命を賭けて助けた僕を』

その言葉に、オリヴェルは冷や水を浴びせられたような気になった。

『僕を殺したら、死んだアイリはどう思うかな』

そうだ。彼はアイリが愛した人間。アイリが命を賭けた、大切な人間。――潰すわけにはいかない。

死後の世界なんかない。魂なんかない。そう心のどこかでわかっていながら。

これ以上アイリを悲しませたくないと、オリヴェルはそう思ってしまった。

『――もう、いい』

オリヴェルは前脚をヨアキムの上から退ける。そしてその身を人間のものへと変えた。

すぐにヨアキムが身を起こし、それから咳《せ》き込《こ》んで僅かに血を吐く。若干内臓が傷ついたらしい。

周囲にいた人々が慌ててヨアキムに駆け寄り、オリヴェルへ恐怖を滲ませた目を向ける。

人間たちのそんな目も、オリヴェルはもう心底どうでも良かった。

その後、勇者パーティーは王都へと凱旋した。

国中の誰もが彼らを迎え、称《たた》え、歓声を上げる。

勇者ヨアキムと戦士ペトリは、誇らしげに手を振ってそれに応える。そんな彼らをオリヴェルは苦々しく見やる。

そして勇者パーティーは、国王に粛々と魔王討伐と聖女の戦死を報告した。

『――そうか。ならば聖女は、元の世界へ帰ったことにしよう』

国王がのっぺりとした笑顔を浮かべ、こともなげにそんなことを言い出した。

そうすれば誰も責任を負わずに済み、誰も傷つかずに済むと。

『……は？』

オリヴェルが漏らした低い声に、ここでまた竜に戻ると思ったのか、ヨアキムとペトリが制止する。

『落ち着け。オリヴェル。国王陛下の御前だぞ』

『だからなんだ。おれは竜だ。人間の王など知らん』

するとヨアキムが、また面倒そうにため息を吐く。

『なあ、オリヴェル。アイリの魂はきっと、元の世界に戻ったに違いないよ』

よってあながちその設定は間違いではないのだと。ヨアキムはとんでもない詭弁《きべん》を宣い出した。

だからこの大団円を受け入れろと、まるで言うことを聞かない子供に、言い聞かせるように。

『何を言っているんだ……？』

オリヴェルは愕然とする。この男はアイリのことを愛していたのではないのか。

それなのに、その死を、なかったことのように扱う気なのか。彼女をまともに弔うこともせずに。

『受け入れられない。受け入れられるわけがない』

『……じゃあ、好きにすればいいよ。まあ、人間ではない君の言葉なんて、誰も信じないと思うけどね』

――殺してやりたいのに、殺せない。だってアイリが命と引き換えに、こいつを守ったのだから。

『それから僕は王女殿下と結婚することになった。いずれはこの国の王になる予定だ』

さらにヨアキムは、そのまま国王の第一王女と結婚するのだという。

アイリの死から、まだ一カ月も経っていないというのに。

『お前は……アイリのことを愛していたんじゃなかったのか……？』

『ああ、もちろん愛していたとも』

ヨアキムは懐かしむように目を細め、ほんの少し寂しげに微笑む。

『だけどアイリはもうここにいないじゃないか。僕が王女と結婚したところで、悲しんだりはしないよ。大丈夫』

死後の世界なんてない。魂なんて存在しない。そう思いながらもアイリを惜しみ振り切れないオリヴェルとは違い、ヨアキムをはじめとする人間たちは皆すでにアイリの死を受け入れ、仕方がないと割り切ってしまっているらしい。

『なんせ僕らは、未来を生きなくちゃいけないからね』

――死んでしまったアイリとは違って。

そう、オリヴェルには聞こえた気がした。

ヨアキムの中で、アイリのことはもうとっくに終わってしまった出来事なのだろう。

だからその死をどう扱おうが、もう気にはならないのだ。

いない人間のことはもう考えない。どこまでも冷酷な合理主義だ。寿命が短く弱い人間共にとって、それは正しいことなのかもしれない。だが。

『……なるほど』

オリヴェルの口から、吹雪のような冷たい声が出た。

彼から滲み出る殺気に、なんの力も持たない国王などは真っ青な顔をしている。

『ねえ、オリヴェル。僕らはね、君みたいに過去や悲しみに囚われている時間はないんだ。……悪いけど』

やはり人間とは相容《あいい》れない生き物だ、とオリヴェルは思った。

忘れられるわけがない。忘れたくもない。――理解が、できない。

『そんなに聖女が忘れられないのなら、墓守でもするといい』

そう言って怯える国王がオリヴェルによこしたのは、魔王城のすぐ近く。

強大な魔物たちが蔓延っていた、広大な土地だった。

使いようのない荒野を、恩賞という名目で侯爵の地位と共に、オリヴェルに押し付けたのだ。

いつ暴れるかわからないオリヴェルのような凶暴で強大な竜を、王都から遠く離れた土地に放逐してしまおうという目論見《もくろみ》もあったのだろう。

『ああ、そうだな。ほとほと人間共には愛想が尽きた。もう二度とおれに関わるな』

オリヴェルは国王の提案を受け入れ、すぐに王都を去り、その後一度たりとも王都に足を踏み入れることはなかった。

そして彼はひとりアイリの眠る、魔王城へと向かった。

魔王城は崩壊してすぐに火の手が上がり、全てが灰になったという。

だからそこには黒々とした、焼け焦げた大地が残っているだけだった。

アイリは自分の欠片《かけら》すら、この世に残してくれなかった。

──だが、それでも確かにここは、アイリが眠る場所だ。

オリヴェルは竜へと戻り、黒い大地に身を伏せる。

ああ、このまま彼女と共に永遠の眠りにつけたなら、とオリヴェルは夢想する。

だがいかに死を甘美に感じても、アイリが命と引き換えに守ってくれた己の命を、無意味に捨てることはできなかった。

彼女が眠るこの場所で、ゆっくりと自らの死を待つのも良いかもしれない。

そうしてオリヴェルは与えられた土地に住み着き、そこに残された人々と、家をなくし居場所をなくした人々を受け入れ、小さな村を作った。

生かされたのなら、それなりに意味のある生にしようと思った。

そうでなければ、アイリの犠牲自体が無駄になってしまう。そのこともまた許せなかったからだ。

竜であるオリヴェルを恐れるあまり、国は一切干渉をしてこない。

よって自然とそこは、自治区となった。

かつて魔王と魔物のせいで手付かずであっただけで、土地自体は気候も良く肥沃で地下資源も多い。

さらに領主であるオリヴェルは人間ではないため、いわゆる人間の欲やしがらみとは無縁であり、そして竜である彼を目の前にして、悪事を働ける人間はほとんどいなかった。

『アイリス』と名付けたその村を、ただ百年間義務感で淡々と治めていたら、気がつけば次々に人が移り住み、やがてはこの国有数の都市にまで成長していた。

国からの一切の干渉を許さないオリヴェルに、王家は今更ながらにその土地を手放したことを後悔しているようだ。

そのことだけは後に聞いて「ざまあみろ」と溜飲《りゅういん》が下がった。

相変わらず人間のことは好きではない。滅びてしまっても一向に構わない。

『――でもね、オリヴェル、私のことは嫌いじゃないでしょう？』

それなのに、そんなことを考えるたびに、そう言って悪戯っぽく笑いながら、オリヴェルの顔を覗き込んでくるアイリを思い出す。

――ああ、嫌いなんかじゃない。それどころか愛している。今でもお前だけが特別だ。


あの時も素直にそう言えたのなら、どれほど良かっただろう。

もう二度と伝えることができない想い。

人間の全てが愚かなわけではない。そんなことはわかっている。それでも。

（――お前のいない世界に、一体どんな価値があるっていうんだ）

どうしてもそんな破滅的な思考が、頭の中から消えない。

やがて長い年月を生き、生きること自体に飽いたオリヴェルは、妄想をするようになった。

アイリが命を落としたあの時。もし自分に意識があったのなら、彼女を救えたのではないか、と。

そして何度も何度も繰り返し、彼女の命を救う想像《シミュレーション》をする。

ああしていたら、こうしていたら。――後悔は、いつまでも尽きない。

あれから優秀な人材が育ち、オリヴェルが特に何もしなくとも、『アイリス』は問題なく回るようになっていた。

元々は人間の住む街だ。竜である自分より、人間たちが管理すべきなのだろう。

だからオリヴェルは領地経営を信頼できる人間たちに任せ、自分は魔法の研究に没頭するようになった。

アイリを守り、助けられる魔法を作るのだ。――もう現実の世界に、アイリがいなくとも。

自分の妄想の中だけでも、彼女を助けるために。アイリ生存ルートをただただ夢想する。

不毛なことこの上ない。だがオリヴェルは竜であり、人間の常識など気にしない。

ヨアキムの言う通り、どうせ自分には時間が無駄にたくさんあるのだ。せめて妄想の中だけでも、アイリを幸せにしたい。

たとえそれで慰められるのは、自分の心のみとわかっていても。

「――――っ」

だがそんなある日。オリヴェルは魔王復活の予兆を感じた。

どうやら自分はまた、神に選ばれてしまったらしい。思わず煩わしいと舌打ちする。

なぜよりにもよって、世界のことも人間のことも愛していない自分に、そんな役目を押し付けるのか。

――アイリがいない。だったらオリヴェルには、もうこの世界を救う理由がない。

死ぬのが怖いと、死にたくないと言って泣いたあの小さな聖女を犠牲にしてまで、この世界を守る必要があったとは、オリヴェルには今でも思えないのだ。

いずれは神に選ばれた正義感ある若者が、勝手に魔王討伐に赴くだろう。

自分はもうごめんだ。魔王にも勇者にも神にも人間にも関わりたくない。

ただ停滞した世界の中で怠惰に寿命が尽きるのを待つ、そんな日々でいい。――そう思っていたのに。

ある日突如として、そんなオリヴェルの日常が酷く騒がしいものになった。

長く仕えてくれた侍女長のアーヴァが連れてきた、トゥーリという名の娘。

その娘のことが、どうにも気になってしまうのだ。

柔らかく波打つ茶色の髪に、くるくるとよく動く、若草色の瞳。

トゥーリは色素の薄い、この国の人間でよく見る色合いをしており、見た目は全く違うのに。

どこか言動や理念がアイリに似ていて、つい彼女と重ね合わせてしまう。

そして何故か気がつくと目で追ってしまい、トゥーリの言うことを全て素直に聞き入れてしまうのだ。

おかげで毎日三食しっかりと食事をとるようになり、夜もしっかり眠るようになり、朝らしい時間にしっかりと起きるようになった。

人間共が言うところの、規則正しい生活とやらを強いられている。

（おれには、アイリがいるのに。何故）

竜とはよく言えば愛情深く一途《いちず》で、悪く言えば重く思い込みが激しく執着心の強い生き物である。

ヨアキムのような、とっととアイリを忘れ王女と結婚したような人間とは違うのだ。

恋人でもなんでもないのに、オリヴェルはアイリに貞節を誓っていた。

（――そうだ。このおれが、アイリ以外を愛するわけがないのに）

愛している女がいるというのに、何故こんなにもトゥーリのことが気になるのか。オリヴェルは人間のように移り気な自分が許せなかった。

（これは、気の迷いだ）

きっとそうだ。なんとかこの感情を忘れ、早々に自分の日常を取り戻さねばなるまい。

だが使用人たちはオリヴェルが部屋から出てくるようになったことが嬉しいようで、むしろトゥーリをけしかけてくる有様だ。

どうしよう。日々を楽しいと感じ始めている自分がいる。

そんなことを思っていい権利は、自分にはないのに。

――だって、死んでしまったアイリはもう何も楽しめないのに。

「旦那様ー！　今日は天気が良いですよ！　後で一緒に庭園を散歩しに行きましょう……！」

だから今日こそは、これ以上自分に構うなと言ってやろうと思っていた。

「ああ、わかった」

それなのに朝起こしに来たトゥーリの楽しそうな笑顔を見たら、口が勝手に同意していた。どういうことだ。

そして結局朝食の後、午前中の爽やかな気候の庭園を、トゥーリと歩く羽目になった。

「見てください旦那様！　薔薇《ばら》が綺麗に咲いていますよ！」

「……ああ、そうだな」

ちょうど薔薇の季節であるらしく、庭園には薔薇の香りが漂っていた。そんなことも忘れていた。

こんな早い時間に外を歩くなんて、ここ数十年なかったことだ。よってそもそも季節など気にしたこともなかった。

昨日の夜雨が降ったからか、空気が清浄だ。不思議と気分が良く、オリヴェルは目を細める。

そして横を見れば、楽しげに歩くトゥーリ。彼女の手には籐で編まれた大きな籠がある。

小柄な彼女には重そうに見えて、オリヴェルはそれを取り上げると、自分で持つ。

するとトゥーリはきょとんとした後、嬉しそうに笑った。

「ありがとうございます！　旦那様はお優しいですね」

自分を優しいだなんて思ったことはないが、トゥーリはいつもそう言ってくれる。

オリヴェルに対しその言葉を言ってくれる人間は、彼女ともう一人しか知らない。

「あそこで休みましょうか」

庭園の中にある大理石でできた小さな四阿《あずまや》につくと、トゥーリはオリヴェルが持っていた籐の籠からお茶のセットと、幾つもの種類の焼き菓子を取り出して、設置されていたテーブルに綺麗に並べた。

「んー。ちょっとお茶が冷めちゃってますね。オリヴェル様、温《あたた》められたりしませんか？」

そしてまたこの小娘は、ポットを手に図々しいことを言い出した。

どうやらブレスでも魔法でもいいから、中のお茶を温めろということらしい。

「…………寄越《よこ》せ」

渋々ながらもシルバーのポットに魔力を送り込み、一気に中身のお茶を沸騰寸前まで温めた。

紅茶の香りが飛ばないように、沸騰はさせない。食品の温めは、案外繊細な魔力制御が必要なのだ。

大昔アイリに似たようなことを頼まれた際、思い切り沸騰させた挙句に蒸発させてしまい怒られて、その悔しさをバネにオリヴェルが編み出した魔法である。

「わ！　ありがとうございます！　やっぱり旦那様の魔法はすごいですね！」

手放しに褒められれば悪い気はしない。トゥーリが温めたお茶をカップに注ぐと、紅茶の芳醇《ほうじゅん》な香りが周囲に漂った。

オリヴェルはお茶に口をつけ、焼き菓子を口に運ぶ。

その様子をにこにこと笑いながら見守る。トゥーリの視線が妙に居心地が悪い。

「……お前も座るといい」

「いえそんな、私は一介の使用人ですので」

すると珍しく謙虚に断ってきた。これまで散々図々しい態度できたくせにとオリヴェルは呆れてしまった。

「いいから座れ。突っ立っていられた方が気になる」

「はい、それでは失礼をいたしまして」

そしてトゥーリはオリヴェルの真正面の席に座った。

「ひとりではこんなに食べられない。お前も食べろ」

「わ、ありがとうございます！」

そしてトゥーリは素直に目の前の小さな焼き菓子を手に取って、ふくふくと食べ始めた。

美味しかったのだろう。自然と笑みを浮かべ、幸せそうにしている。

うん。やはりこいつはこれくらい図々しくなければ、とオリヴェルは思い、そう思った自分に愕然とした。

なぜ自分はこんなにも、この侍女との時間を楽しんでしまっているのか。

結局今日も彼女に寄り添って、呑気《のんき》に庭園を散歩して、呑気にお茶をしている。

オリヴェルは自分のことが、信じられなくなっていた。

自分はいつからこんなに容易《チョロ》い大蜥蜴になってしまったのか。

天国にいるであろうアイリが知ったら、きっと腹を抱えて笑うに違いない。

まさにそのアイリが目の前のトゥーリの中身であり、自分と一緒に呑気にお茶をしているなどと露《つゆ》ほどにも思っていないオリヴェルは、思わず頭を抱えてしまった。

第三章　勇者、現る

さて、私がオリヴェルの屋敷で働き始めて早三ヶ月が経った。

だが全くもってオリヴェルが、魔王討伐に向かう気配がない。

少しずつだが明らかに、魔王の力は増している。

あと一年も経たないうちに、魔物が次々生まれてきて、人間たちを襲い始めるだろう。

だからこそできるだけ早く、まだなんの被害も出ていないうちに魔王を駆除してしまいたいのだが。

オリヴェルはまったく普段と変わらず、ほぼ引きこもりだ。

私が無理矢理散歩に連れ出さねば、完璧に引きこもりである。

ちなみにオリヴェルを部屋から引き摺り出すことに成功した私を、屋敷中の皆様が褒《ほ》め称《たた》えてくれた。

数十年一歩も自室の外に出なかった引きこもりを、よくぞ、と。

やはりこの屋敷の使用人たちは、良き人揃いである。

まあ、オリヴェルを竜だと知っていて、それでもここで働くことを選んだ人たちだ。覚悟が違うのだろう。オリヴェルは皆にもっと感謝すべきと思う。

そうして数日に一度、オリヴェルの運動不足解消のため庭園を共に歩くようになり、彼との会話も増えたのだが。

オリヴェルは、一度たりとも魔王について口にしない。

もし彼が神に選ばれし者ならば、この濃厚な魔王の闇の気配に気づかないわけがないのだが。

本当に魔王に気づいていないのだとしたら、オリヴェルは今回、魔王討伐の使命を神から与えられていないということになる。

だとしたら私は、一体誰に頼ればいいのか。聖女一人にできることなんて、ほとんどないのに。

私はほとほと困り果てていた。お願いだから、誰か私の代わりに魔王を倒してほしい。切実に。

正直に私の前世が元聖女アイリであることを明かし、オリヴェルに魔王が復活したことを伝え、討伐の協力を要請することも考えたのだが。

『――ああ。どうしようもなく、大切だった』

その度に切なげな目で虚空を見つめ、愛おしそうにそう呟《つぶや》いたオリヴェルを思い出してしまい、私の頭が凍結《フリーズ》する。

どうやらかつてオリヴェルは聖女アイリに、つ、つまりは前世の私に、恋情を抱いていたらしいのだ。

誠に遺憾ながら、前世も今世も私は恋愛弱者である。

まったくもって小指の先ほども、彼からの好意に気付けなかった。我ながら鈍いにも程がある。

当時は毎回下らない言い合いをしている、喧嘩友達くらいの感覚であったのだ。

だが今になって彼の行動を思い返してみれば、明らかに友達の枠を逸脱している行動や言葉があった。

市場を一緒に歩いている時、みんなも来られたら良かったのにね、と寂しそうに言った私に『おれがいるから我慢しろ』と不服そうに言ったオリヴェル。

魔王との決戦前夜、やっぱり元の世界に帰ることを諦められないと言った私に『だったらおれが一緒に探してやるよ』と言ってくれたオリヴェル。

私の代わりに魔王の炎をその身に受けて、驚き泣き叫ぶ私に、全身を灼熱の炎に包まれながら『――どうか、幸せに』と笑ってくれたオリヴェル。

(っあ――――!)

私の頭の中をぐるぐると走馬灯が回る。そして己の愚かさに死にそうになって、心の中で絶叫する。

なんで、なんで気づかなかったの。私。

それなのに他の男との恋愛の悩みなどを一方的に聞かせ、意見を求めるなど。なんという悪女仕草か。

嗚呼、できるならばあの頃のオリヴェルに土下座して詫びたい。本当に申し訳ない。

それなのに彼は、私のことを深く想っていてくれたらしい。しかも私の死後、実に百年以上もの間。

オリヴェルのことを考えるたびに、私はなんとも居た堪れない気持ちになり、その場で地に伏して
ゴロゴロと転がりたくなってしまう。

なんなのだろうか。このこそばゆくて恥ずかしくて苦しくてたまらない気持ちは。

どうしようもなく申し訳なくて、でも、どうしようもなく嬉しくて。

そんな重い……ではなくて、一途に馬鹿な愛梨を想い続けてくれていたオリヴェルに対して。

『はじめましてこんにちは！　実は私は、かつてあなたが愛した聖女の生まれ代わりです！』

などと申し訳なくて言えるわけがない。大体今の私に、愛梨の面影などどこにもないのだ。

この三ヶ月せっせと積み上げた信頼を一気になくし、『ふざけるな』と冷たい目で言われておしま
いだろう。

下手すれば殺されかねない。なんせ竜は気性が激しいので。

「……なんだ？」

食事をしていたオリヴェルが、思案に暮れて百面相をしている私を見て、訝しげに片眉を上げた。

私は慌てて首を横に振ると、誤魔化すようにへらりと笑って「なんでもございません」と言った。

やはり言えない。どうしても言えない。今更烏滸《おこ》がましいにも程がある。

それでなくとも図々しいと思われているのに。これ以上彼からの心証を悪くしたくない。

オリヴェルの心を知ったせいで、私は余計に臆病になり、彼に己の正体を言い出せなくなってしまっ

た。

それにそもそも今世において、聖女である事実は、隠しておきたいのだ。

だって私の目標は、人としての普通の幸せ、及び老衰による大往生である。

またしても聖女なんてものになって、周囲から救いや助けを一方的に強いられるのはごめんだ。

人々への救済は無理のない範囲で、というのが正しい奉仕精神《ボランティア》であると思う。

募金箱へのお金の投入は、決して全財産であってはならないのだ。己自身を擲ってはいけない。

だから私は、私のできる範囲で世界を救おうと思っていた。

前回粗末に扱ってしまった自分自身を、今回は大切にしたいからだ。目立たず騒がず、密《ひそ》かに世界を救いたい。

そもそも聖女は、所詮は補助職《サポーター》である。

攻撃手《アタッカー》さえいれば、きっとまだ今の段階なら魔王討伐もなんとかなるはずだ。

だから急がなきゃいけない。うだうだしている時間など、ないのに。

――私は、どうしたらいいのだろうか。どうすべきなのだろうか。

本当はこのまま、オリヴェルの元でメイドとして暮らしたいな、なんて思ってしまう自分がいる。

オリヴェルと過ごす時間が、なんだかんだいって楽しいのだ。

やはりここで定年になるか世界が滅びるまで勤め上げたい。切に。

「……おい。お前、先ほどから変だぞ」

「……すみません。自分の老後のことを考えていたらつい不安になってしまって……」

「前々から思っていたが、お前はまだ若いのに心配性が過ぎるだろう」

オリヴェルは呆れたように言う。確かに十代後半という私の年齢で、己の老後を心配しているのはおかしいかもしれない。

「……まあ、お前が来て、アーヴァも助かっているようだし。好きなだけここにいれば――」

あら？　これはもしや長期雇用契約をゲットできる流れ……？　と思ったところで。突然扉がけたたましく叩かれた。

「旦那様……！　大変です……！」

外から聞こえる焦ったような声は、アーヴァさんのものだ。

オリヴェルが目配せで、私に扉を開けるように指示する。

「どうした？」

私が扉を開ければ、血相を変えたアーヴァさんが飛び込んできた。

治療が功を奏して、アーヴァさんは最近杖を使わないでも歩けるようになった。

彼女の機敏な動きに、私は嬉しくなる。

そんな彼女の手にあるのは、見るからに高級そうな封筒だ。

赤黒い蝋《ろう》で封がされている。そこに押されているのは前脚を振り上げた獅子《しし》の紋章。

私はそれを、前世において見たことがあった。

確か国王から与えられた、勅命状に押されていた印。――つまりは。

「国王陛下より、書状が参りました……！」

アーヴァさんがそう言って、震える手でオリヴェルにその書状を差し出す。

オリヴェルの眉間の皺が深い。彫りが深いこともあって、ちょっと怖い。

「……燃やすか」

「いえ、せめて目を通すくらいは、なさったほうがよろしいかと」

子供のようなことを言い出すオリヴェルを、慌ててアーヴァさんが嗜める。困ったドラゴンである。

オリヴェルはその美しい封蝋《ふうろう》を容赦無く引きちぎると、その中に入っていた書状に目を走らせる。

するとさらに眉間の皺が深くなった。もはや定規で測れそうなほどの深さだ。

いったい何が書いてあるのか気になって仕方がないが、流石に一介の侍女如きが国王からの書状を勝手に覗き込むわけにもいかない。

「……国王陛下はなんと……？」

だがそこはオリヴェルに仕えて五十年の、我が女神アーヴァさんである。果敢に攻め込んでくれる。

彼女の心配そうな声に、オリヴェルは一つため息を吐いた。

「……この国の第三王子がこの屋敷にやってくるそうだ。重大な使命があるらしく、おれに協力を要請してきた」

「重大な使命、ですか？」

不思議そうな顔をするアーヴァさん。だが私にはその重大な使命について、心当たりがあった。

つまりは魔王が復活したことを、王家も把握したということだろう。

そしてその現国王の第三王子とやらが、おそらく今代の『勇者』ということではないだろうか。

確かに今の王族は、かつての勇者ヨアキムの子孫たちだ。

そこから勇者が現れても。なんらおかしいことではない。

かつて魔王を討伐した勇者パーティー最後の生き残りであるオリヴェルに、協力を要請することも。

これで今代の魔王討伐にも、オリヴェルは同行することになるだろう。

そして私も頼み込んでお世話係として、彼らの旅に同行するのである。

うん。完璧なプランだ、などと考えたところで。

「来たら追い返せ。王族なんぞと話すことは何もない」

オリヴェル、まさかの完全拒否である。第三王子とは面会すらするつもりがないようだ。

彼の手の中で、王家からの書状が一瞬で燃え尽きて灰になる。

相変わらず凄《すご》い魔力量と魔力制御だ。彼は今、手のひらの上でとんでもない高温を発生させた。

けれどその範囲を書状の周囲だけに限定しているから、私たちは全く熱さを感じなかった。

魔法の研究に関しては、真面目にやっているらしい。

最近オリヴェルのことを、本当はただの引きこもりでは？　と思い始めていたことを少し反省する。

だがそんなことよりも、彼には魔王討伐に行ってもらわねば困るのだ。

なんとしても推定勇者である第三王子との面会を取り付けさせなければ。

「旦那様……」

オリヴェルの命令に、アーヴァさんも困った顔をしている。

オリヴェルは、この国の王家をよく思っていない。それはわかる。私だってそうだ。

けれども結局、訪問してきた彼らを屋敷から追い返すのは、使用人たちの仕事なのだ。

「……では、旦那様が直接、第三王子殿下を追い返してくださいませ」

黙っていられず、はっきりと言った私の言葉に、オリヴェルは不愉快そうに片眉を上げた。

この屋敷の使用人たちは、オリヴェルの配下であると同時にこの国の国民であり、王族に対し失礼な態度を取ることは難しい。

最悪その場で殺されてしまったとしても、文句は言えないのだ。

相変わらず人間の柵《しがらみ》に対する想像力が足りないドラゴンである。

魔法だけではなく、人間のことにもう少し興味を持ってほしい。

「私たちでは、王族の方を一方的に追い返すのは難しいのです。しがない平民なので」

暗に何をされても文句は言えないのだと滲《にじ》ませる。そう、殺されたっておかしくないのだと。

人間にはどうしても、序列というものがある。

するとオリヴェルは少し考え込むような仕草をして、一つ頷いた。

「……それもそうだな。おれが対応する」

アーヴァさんが明らかに安堵した顔をして、私に感謝の視線を送ってくる。

オリヴェルに対する図々しさには、定評がある私である。

「第三王子がやってきたら、おれを呼べ」

それにしてもオリヴェルも随分素直に人の言葉を聞き入れるようになったのだな、と感慨深い。

前世では私の言うことなんて、殆《ほとん》ど聞いてくれなかったのに。

「それでは迎え入れる準備をしなくてはなりませんね。第三王子殿下はいつ頃いらっしゃるのですか？」

「……多分、今日か、明日？」

「……はい？」

「……もしくは、明後日？」

「…………はい？」

「……どうやらさっきの書状は第三王子の出立と同時に出されたものらしい。よって、もしかしたら書状よりも王子のほうが先についてしまっているかもしれないと書いてあった」

「…………………はあ？」

アーヴァさんの声が、目が怖い。それはそうだ。王族を迎えるというのに明らかに準備期間が足りない。

「旦那様。申し訳ございませんが、トゥーリを返していただきます」

「……ああ、好きにしろ」

多分これから戦場だ。屋敷中の掃除と客室の準備と会食の準備と。

なんせ不手際があれば、ここシュルヤヴァーラ侯爵家が見くびられてしまう。

この家を愛するアーヴァさんが、そんな恥辱に耐えられるわけがないのだ。

「行きますよ、トゥーリさん」

「はい！」

我が女神には絶対服従である。私は彼女に付いてオリヴェルの部屋から退出した。

それからシュルヤヴァーラ侯爵邸は、蜂の巣をつついたような、上を下への大騒ぎであった。

一応は貴族の屋敷とはいえ、通常引きこもりの竜が一匹いるだけで社交などするわけもなく。

お客様を迎えることなど、これまで殆どなかったらしい。

そして翌日の昼頃に、第三王子の先触れの者がやってきた。

あと数時間後に、第三王子が到着するとのことだ。

その頃にはなんとか屋敷の体裁は整っていて、使用人たちは皆、胸を撫《な》で下ろしていた。

「トゥーリさん。旦那様の準備をお願いね」

アーヴァさんに言われて、私はオリヴェルの部屋へと向かう。

するとオリヴェルは、相変わらずガウン姿のまま、呑気に長椅子に寝そべって魔術書を読んでいた。

──みんなが必死になって準備してるのに！　なにしてんの！　この大蜥蜴……！

昨日今日の使用人たちの忙しさを鑑《かんが》みて、私は苛立った。

そのまま前世の時のように彼の頬をつねってやりたい気持ちでいっぱいだったが、今の私はしがないイチ使用人なのでグッと我慢する。

なんせオリヴェルにお賃金をもらっている身の上である。給料とはいわば我慢料である。

「旦那様、そろそろ第三王子殿下がいらっしゃるそうです。準備しましょう」

「……別に、来たら叩《たた》き出《だ》すだけのことだ。このままでかまわない」

此奴《こやつ》、着倒したゆるゆるのガウンで王族の前に出る気満々である。

「いけません。人間は視覚から多くの情報を読み取る生き物です。そんな格好をしていたら侮られます」

「別にどうでもいいい」

「旦那様はどうでも良いのでしょうが、私は嫌なんです」

私の言葉に、オリヴェルは怪訝そうに片眉を持ち上げる。

「見た目如きで私の主人が舐められたら嫌です。だってオリヴェル様は素晴らしい方ですから」

私がオリヴェルの目をまっすぐに見据えてそう言えば、なぜか彼は困ったような顔をした。

「大体せっかく美しいお姿をしておられるんですから。もったいないです！　私も旦那様の着飾った姿を拝見したいですし」

うっかり己の欲望までこぼした私を、オリヴェルが若干呆れた顔で見やる。

そして彼は渋々ながらも、魔術書をテーブルに置いて立ち上がった。

オリヴェルの部屋のクローゼットの中には、いつか使うことがあるかもしれない、というアーヴァさんの儚《はかな》い希望により、何点か正装も用意されていた。

その中から私の独断と偏見により衣装を選び、オリヴェルに着せようとしたのだが、自分で着替える、と衣装だけ取り上げられ、部屋から追い出されてしまった。

主人の衣装を整えるのは侍女の仕事であるというのに。誠に遺憾である。

「……入っていいぞ」

オリヴェルの声に、私は彼の部屋へと戻る。

「失礼いたしま………！」

そして彼の姿を見た瞬間、私は言葉の途中で言葉を失ってしまった。

目も口もぽかりと見開いて、相当見苦しい顔をしていたと思う。

「なんだ？」

そんな私の反応が不服だったのか、オリヴェルが眉間に皺を寄せ、ムッとしたような顔をしている。

だって、仕方がない。黒を基調にしたフロックコートを着たオリヴェルは、けしからんほど格好良かったのだ。

一体なんなんだ、その非の打ち所がない美しさは。溢《あふ》れ出す色気は。

これは人間に許されるレベルではない。って竜でしたね、そういえば。

「……旦那様のガウン以外のお姿を、初めて拝見したもので……」

あまりに私がガン見していたからだろう。少しだけ恥ずかしそうにオリヴェルが視線を逸らした。

その恥じらいすらも罪深い。私の心臓が早鐘のように鼓動を打っている。

「ものすごく格好良いです……！　いつもそういう格好でいてくださったら良いのに」

あの着倒し過ぎて、良い生地でできているはずなのにヨレヨレになった可哀想なガウンではなく。

まあ着古した服の方が、肌馴染みが良くて楽という気持ちも、とってもよくわかるけれども。

「……格好良いか」

「はい！　素敵です！」

私が目をキラキラとさせて即答すれば、「そうか」とオリヴェルがほんの少しだけ口角を上げた。

「…………！」

今世において、初めて彼の笑顔を見た。私の心臓がぎゅうっと締め付けられる。

そして前世、彼が時々見せてくれた笑顔を思い出す。懐かしくて涙が出そうだ。

我が国の第三王子だって、オリヴェルを見たらきっと圧倒されてしまうに違いない。


――ああ、やっぱり好きだ。このどうしようもない竜のことが。


不器用で、でも愛情深くて、そして寂しがりなオリヴェル。

彼に深く愛された愛梨が、うらやましくなってしまうくらいに。

このままずっと彼のそばにいたいと、私は強く思ってしまった。


――その数時間後、予定通り第三王子がシュルヤヴァーラ侯爵邸にやってきた。

アーヴァさんに案内され、貴賓室に滞在されているようだ。

「それでは、追い出してくる」

「……いってらっしゃいませ」

いや、追い出されたら困る。私としては、なんとか第三王子と仲良くなってもらいたいのだが。

私はそわそわしつつ、オリヴェルを見送り、急いで厨房へと向かう。

『第三王子がいらっしゃったら、お茶出しを私にやらせて下さい！』などと、アーヴァさんに頼み込んであったのだ。

お茶出しをしつつ、なんとか第三王子の援護射撃をしたい。

『あらあら、トゥーリさんも王子様に興味があるのねえ』

年頃の女の子だものね、とアーヴァさんはそう言って、私にその仕事を振ってくれた。やはり女神である。

お茶のワゴンと共に、貴賓室の扉の前へ着く。

一つ深く深呼吸をして、ノックをしようと手を振り上げたところで。

「――帰れ」

全くもってにべもなく、冷たい声で言い切るオリヴェルの声が聞こえた。

うわあ、と思いつつ、なんとか気を取り直して私はノックをする。

「入れ」という許可を得てから、扉を開け、ワゴンを押しながら入室する。

「失礼いたします。お茶をお持ちいたしました」

「……客人はお帰りだ。茶など出してやる必要はない」

オリヴェルが不機嫌そうにそう言った。すると第三王子が立ち上がる。

「待ってください！　ちゃんと話を——」

「聞くまでもない」

うわあ、と私はまた思った。相手はこの国の王族である。どうしてそんな態度が取れるのか。

——って、そう言えばオリヴェル、前世の頃から国王陛下に対し敬意の欠片もありませんでしたね。

おそらく彼の目から見れば、人間など皆同じなのだろう。

王だろうが貴族だろうが平民だろうが。等しくただの人間に過ぎない。だって彼は上位種である竜だから。

「魔王が復活したんですよ……！」

第三王子が叫んだ。思わずお茶をカップに注ごうとした私の手が止まる。

それを横目に見て、オリヴェルが小さく舌打ちをした。

魔王が復活したことを、人間である使用人には知られたくなかったのだろう。

第三王子殿下、ちょっと空気が読めない方かもしれない。

そしてやはりオリヴェルは、魔王が復活したことを知っていたのだ。

それを知っていてなお、オリヴェルは魔王を討伐しようとは思っていなかった。

——おそらくは、破滅的な理由で。

彼は世界など、人間など、そして自分自身すらも、どうなってもいいと思っている。

私の胸が、ひどく軋《きし》んだ。オリヴェルの心の傷を、思い知らされた気がした。

「このままでは、また世界に魔物が蔓延《はこび》り、多くの人たちが犠牲になるんです！」

「だからなんだというんだ？　おれの知ったことではない。お前が今代の勇者なのだろう。だったら一人で魔王討伐でもなんでも行けばいい」

「未熟な僕たちには、あなたの力が必要なんです……！」

何も聞かなかったかのように、私は第三王子の前にお茶を置き、そしてそこで初めて彼の顔を見た。

「……あ」

見覚えのある顔だった。その隣に座っている、ピンクの髪の女の子も。

「あなたは……」

彼もまた私に気付いたのだろう。その綺麗な緑柱石《エメラルド》色の目を大きく見開いた。

そう、第三王子は、かつてここシュルヤヴァーラ侯爵領に来る際に乗合馬車で出会った、エリアス少年であったのだ。

隣の可愛い子は、確かミラと言ったか。

なるほど言われてみれば、エリアス殿下にはほんの少しだけ、かつての勇者ヨアキムの面影がある。

「なんだ？　知り合いか？」

オリヴェルが不愉快そうな顔のまま聞いてくる。私は困ったように笑った。

「ここに出稼ぎに来る際に、乗合馬車の乗り場で出会ったんです」

そして私は、彼らとの出会いをオリヴェルに語った。

大金貨しか持っておらず、困っていた彼らに家に帰るように促したことなどを。

当時彼らは重要な使命があると言っていた。どうやらそれは魔王討伐のことであったらしい。

「あの時は、世話になった」

エリアス殿下がぺこりと頭を下げた。使用人にもきちんと礼を言うあたり、非常に良い子である。

「改めて、僕はエリアス・アハティラだ。こちらはミラ・カートラ」

ちなみにミラ嬢は伯爵令嬢であらせられるらしい。若くしてこの国有数の騎士なのだとか。

まあ、どちらにせよ私からすれば二人とも雲の上の方々だ。

「トゥーリ・ハスティと申します。ここで侍女をしております。……それで、ご両親の許可はいただけたのですか？」

王子様のご両親ということは、つまりこの国の国王ご夫妻であるわけだが。

確かに王位継承権のある王子殿下が魔王討伐に行くなどと言い出せば、周囲に引き止められることだろう。

「ああ。父と母を説得した。魔王によって世界が滅びるのなら、結局城に隠れていたところで意味がないと」

最終的に世界が滅びるのならば、王族であっても命の危険を顧みている場合ではないのだろう。

その言葉は、もちろん私にも刺さる。

自分の命を惜しんで逃げ回っていたところで、世界が滅びてしまったらそこで終わりだ。

結局私は、天寿をまっとうすることはできない。

この世界の神は本当に性格が悪い。せっかく転生したのに、私を解放してくれないのだ。

「それで、おれにもその魔王討伐に参加しろと？」

地を這うような低く冷たい声で言って、オリヴェルが不快気《ふかいげ》に眉を顰めた。

「王家が、おれに何をしたかを知っていて、のうのうとそんなことを言ってくるのか」

オリヴェルから滲み出る威圧感で、エリアス殿下が身を竦める。

こら、オリヴェル。二百歳にもなって、こんな若い子を脅すんじゃありません。

大体オリヴェルや前世の私に対し不誠実なことをしたのはエリアス殿下の先祖であって、彼自身ではないのだ。そこは間違えてはいけない。

「あなたの協力を得られなければ、正直魔王討伐は難しいと考えております。あなたはこの世界に残された最後の竜であり、最強の魔法使いですから」

エリアス殿下が必死によいしょを始めた。確かにオリヴェルは調子に乗りがちなところがあるから、方向性としては間違っていない。

私はそっとオリヴェルを窺い見る。だが彼の眉間の皺は、深いままだった。

「……お前たちで好きにすればいい。おれは世界が続こうが終わろうが、どちらでもいい」

やはりオリヴェルの思いは、それに尽きるようだ。——ただ、どうでもいいと。

私としてはできれば老衰で大往生したいから、この世界が滅びたら困ってしまうけれど。それでも。

オリヴェルの気持ちも、わかる。私だって生への執着がなければ、同じことを考えたはずだ。

——こんな世界、どうだっていいと。

それほどまでに、オリヴェルの傷は深い。

「わかったら出て行け。お前らに協力するつもりはない」

そう言ってオリヴェルが一つ指を鳴らす。

「うわあ……！」

するとエリアス殿下とミラ嬢の体が浮き上がる。

そしてオリヴェルは、そのまま彼らを貴賓室の窓から屋敷の外へと放り投げてしまった。

「わああ……！」

二階から落とされたエリアス殿下の、情けない悲鳴が聞こえる。勇者だから多分死なないとは思うが。

「ちょっ！　旦那様……！」

「放っておけ」

そう言って、オリヴェルはぷいっとそっぽを向いてしまった。いや、何を子供っぽいことしてるの二百歳。ちょっと可愛いんですけど二百歳。

「そういうわけにはまいりませんって！」

我に返った私は、慌てて放り出されたエリアス殿下のところまで走る。

二人は尻餅をついたまま唖然《あぜん》とした様子で、貴賓室下の庭園にいた。

「……我が主人が申し訳ございません」

別に私が悪いわけでもないのだが、意気消沈してしまったエリアス殿下を見て、私は思わず詫びを口にしてしまった。

「いや、確かに我が王家は彼に、そして命を賭してくれた聖女に不義理をしたからな」

こうなることは覚悟の上であると、エリアス殿下は力無く笑った。

本当に良い子である。あの性悪ヨアキムの血を継いでいるとは思えないほどに。

「……シュルヤヴァーラ侯爵が聖女を深く愛していたのは、有名な話だ」

「……ひい」

うっかりおかしな返事をしてしまった。そんな有名な話だったのか。私は思わず咳払《せきばら》いをして誤魔化す。

「シュルヤヴァーラ侯爵領では、正しい歴史が伝わっているのだろう?」

聖女が勇者一行を救うため、その命を落としたことを。

公園での人形劇を思い出し、私は小さく頷いた。

どうやら王家は歴史的な真実を、ちゃんと後世へと引き継いでいるらしい。

おそらくは、長きを生き、真実を知るオリヴェルへの対策として。

その引け目があるからこそ王家は、オリヴェルに対し強硬な姿勢を示せないのだろう。

「侯爵は聖女亡き今、この世界にも人間にも価値を見出《みいだ》せないのだろうな」

先祖が場当たり的な対応をしたせいで、結局そのツケを子孫が払う羽目になっている。

かつての世界でも、よく見た構図だ。なんとも心苦しい。

私ももう、オリヴェルに魔王討伐に行ってほしいとは思えなくなっていた。

だって彼がこの世界の存続を望んでいないのに。

「……そうだ。トゥーリさん。この後、食事をしないかい? あの時のお礼がしたいんだ」

私が沈痛な面持ちでいたからだろうか。エリアス殿下から突然そんな誘いをいただいた。隣にいたミラ嬢も、こくこくと頷く。

「あの時トゥーリさんに声をかけていただいて、本当に助かったんです。一度王宮に戻って国王陛下や私の父を説得するのは大変でしたが、おかげで万全の体制で魔王討伐に臨むことができます」

やはり世間知らずの二人では無理だったと思い知ったらしい。

護衛や世話人なしでは、早々に脱落していただろうと。

人の意見に耳を傾けられる二人で良かったと、私は胸を撫で下ろす。

確かに私もこの子達の話を聞きたかった。彼らが本当に勇者なのかについても確認したい。

「では職場を離れる許可を上司にとってきますね」

そうして私がアーヴァさんに許可をとりにいくと、彼女は『ではエリアス殿下にここで食べていってもらいましょう』と言い出した。

実はオリヴェルも王族相手なら会食くらいはするだろうと想定し、屋敷の厨房ではすでに彼らに提供する料理の準備がされていたのだ。

だが残念ながらエリアス殿下たちは、オリヴェルと会って一刻もしないうちに叩き出されてしまったため、その料理が宙に浮いてしまっていた。

だったらそれを無駄にせず、ここで食べていってもらおうというのである。

確かにこの世界は地球よりもずっと物資が不足している。食品ロスは極力出したくない。

「庭園を眺めながら、食事をしませんか？」

ただ一度オリヴェルから追い出されている以上、屋敷に入ることは許されないだろうと、私はそう提案し、庭園にある四阿《あずまや》に料理を運んだ。

それに対しエリアス殿下は、礼をするべきはこちらなのに、と恐縮していた。

本当にこの方、王族とは思えぬ真っ当な性格をしておられる。

今代の勇者に関しては、流石の神様も人格まで考慮したのかもしれない。

そうして私は使用人の分際でこの国の王子殿下のご相伴に与り、普段食べられないような贅沢な料理に舌鼓を打つことになった。

その席で、エリアス殿下はこれまでのことを話してくれた。

「……半年くらい前に、突如として頭痛と悪寒に襲われ、それからとある方向への酷い嫌悪を感じたんだ」

私と同じく、エリアス殿下も魔王の復活を感じたのだ。やはり間違いなく彼が今代の勇者なのだろう。

「調べてみたところ、それらの症状は先代勇者の残していた記録と一致した」

忌まわしく感じるその場所は、このシュルヤヴァーラ侯爵領の奥深く。かつて魔王城があった場所だ。

「……私も同じ頃に、同じ症状に見舞われました。エリアス殿下に相談したところ、全く同じだと」

そして二人は魔王が復活したこと、そして自分たちが神に選ばれたことを確信。

父たる国王陛下に、報告と魔王討伐の許可を取りにいったらしい。

だが当初国王はそれを思春期特有のものであろうと、二人の言葉を信じず、魔王討伐に反対した。

まあ、うん。二人ともぴったり十四歳だもんね。大人から見ると『ああ、自分にもあったな、そういう時代』ってなるよね。

正義感に駆られ思い詰めた若き二人は手を取り合って、密かに王宮を出奔。

魔王討伐に赴き、そして早々に詰んで、私に諭されて王宮に帰ったというオチであったようだ。

その後二人は国王陛下を必死に説得。魔王復活から自分たちの力が格段に上がっていることや、神官たちからも勇者と認められたことにより、なんとかこの度、魔王討伐の許可がおりたのだという。

「僕の魔力保有量が格段に上がり、ミラの腕力も格段に上がったんだ。おそらく神からの加護であろうと」

「そうだったのですか……」

最近あまり神力を使っていないから、気が付かなかったが。私ももしかしたらその加護とやらがあるのかもしれない。

「それに僕はしがない第三王子だからね。優秀な兄が二人も上にいるし」

何かあったとしても、大丈夫なのだとエリアス殿下は笑った。彼の姿に、かつての自分が重なる。

聖女だから、勇者だから、己が犠牲になるのは当たり前だと、呑《の》み込《こ》まされているようで。

「魔王討伐に成功したら、エリアス様に王位を継がせたいって陛下はおっしゃってましたけど」

「父上なりの激励のつもりなんだろう。僕は別に王になるつもりはないよ」

何でもエリアス殿下の父君である国王陛下もまた、勇者に憧れていたのだという。

実際に息子が勇者であることに真実味《しんじつみ》が出てきて、大層喜んでいるそうな。

「ミラ様のご実家は大丈夫なのですか？」

「はい！　うちはもう、代々戦うしか能がない家なので。頑張ってこいと背中を叩かれただけですね」

ミラ嬢は一見可愛らしいお嬢様である。その背中の厳《いか》つい剣さえなければ。

「ミラ様は小柄で、そんなにも細いのに、剣士でいらっしゃるんですね」

ミラ嬢は私より背が低く、華奢《きゃしゃ》だ。それなのに背中に背負っている剣は大の大人が使うものよりも大きい。

「はい！　筋肉には自信があります！」

そして彼女は背中の鉄の塊を、フライパンかというくらいに軽々と片手で持ち上げてみせた。私は驚き、あんぐりと口を開けてしまう。

「これでミラは、我が王国随一の剣の使い手なんだ。僕では全然相手にならないよ」

すごいだろう、と言ってエリアス殿下が誇らしげに笑い、ミラ嬢が照れたように頬を赤らめて俯《うつむ》く。

尊い。あまりにも尊い。その清らかさに、中身が汚れたおばちゃんである私は、胸がきゅんきゅんして、涙が出そうになった。

「我がカートラ伯爵家の者たちは、不思議と尋常ではない怪力を持って生まれるんです。そのため一族皆、成人すると軍に入ります」

「ふふ。初めて会った時、君が僕の目の前で林檎《りんご》を握り潰したことが忘れられないよ」

「……そ、そのことは、もう忘れてくださいってば」

なんでも十年近く前、王宮内で王侯貴族の子供たちが集められてお茶会が催された際、体格の小さな子を囲んでいじめている集団がいたそうだ。

それに気付いた正義感の強いミラ嬢が『弱い者いじめはやめなさい』といじめっ子らを諫《いさ》めた。

だが彼らはミラ嬢をも小馬鹿にし、小さな子を小突くのをやめなかった。

苛立った彼女は、テーブルの上の籠に盛り付けられていた林檎を取ると、そのいじめっ子たちの目の前でぐしゃりと握り潰したそうな。

『弱いものはいじめて良いというのなら、私があなたたちをいじめても良いってことね』——と、そう言って。

「あれには痺れたな……」

懐かしむように目を細め、うっとりと言うエリアス殿下に、ミラ嬢はさらに顔を真っ赤にした。

林檎を握りつぶす幼女。確かにちょっと怖いけどかっこいい。

もちろんそれを見たいじめっ子たちは恐怖に慄き、泣きながら一目散に親元へと逃げ帰っていった。

だがミラ嬢もまた、怪力持ちの乱暴者だと思われて、怪我《けが》をさせられそうだからと周囲の子供達や保護者から遠巻きにされてしまったそうだ。

正しいことをしたはずなのに、ひとりぼっちになってしまった。

そんな泣きそうになっているミラ嬢の元へ走り寄り、恐れずその手を取ったのが、エリアス殿下なのだという。

『凄く格好良かった。君はすごいな』

そう言って、ミラ嬢の勇気ある行動を讃えて微笑み、手放しで評価してくれたのだと。

「――あの日私は、一生エリアス殿下にお仕えしようと誓ったのです」

そして二人は互いを見つめ合い、微笑み合う。私は思わず目頭が熱くなった。

本当になんて良い子達なのだろうか。そして二人はやはり恋仲なのだろうか。そこのところをぜひおばちゃんに教えてほしい。

そこで私は、彼らがお揃いの指輪を付けていることに気付いた。

「……ええと、お二人の関係って」

「ああ、僕とミラは婚約しているんだ」

あらまあ！　と私は鼻息荒く興奮した。そういうボーイミーツガールなお話は、聞くだけで心が浄化されるものだ。

「お父様にエリアス殿下に生涯お仕えしたいと言ったら、何故か婚約することに……」

恐縮そうにするミラ。そんな彼女を愛おしげにエリアス殿下は見つめる。なんだ、ただの両想いか。

尊い。

「やっぱり貴族の令嬢が、なんの関係もない王族の男につきっきりなのは外聞が悪いからね。ミラの生家であるカートラ家は、代々我が王家の忠臣で、ちょうど年の頃も合うし家格的にも問題ないから、親たちの間でそれなら婚約させてしまおうという話になったらしい」

つまりは政略結婚のようなものなのだが、彼らは明らかに相思相愛《そうしそうあい》である。

「……ですから私は、死ぬまでエリアス様のおそばにいるつもりです」

幸せそうに笑うミラ嬢に、私はぎゅっと胸が痛くなった。

彼女はエリアス殿下を心の底から信じ、敬愛しているのだろう。――うらやましい。

二人には幸せになってほしい。前世の私のようにはなってほしくない。

「……お二人はこれからどうなさるおつもりですか？」

オリヴェルは魔王討伐には参加しない。――私は、どうしようか。

するとエリアス殿下は困ったように笑った。

「……勇者として、ミラと共に魔王のところへ行ってみようと思う」

「……そうですか」

魔王はまだ発生したばかりだ。その存在は、まだ微弱なもの。

だったら魔法使いと聖女がいなくても、彼ら二人でなんとかなるのではないだろうか。

そう思ったら、卑怯《ひきょう》な私は、自分が聖女であることを言い出せなかった。

だって傍観していて良いのなら、私は傍観者でありたい。

命の危険のないところで、世界が救われるのを待っていたい。

「……行こう、ミラ」

「はい。エリアス様」

食事を終え、彼らは手を取り合って魔王討伐へと向かう。

私は彼らを見送って、なんとも言えない気持ちでオリヴェルの元へと戻った。

あんな若い子らに、全てを押し付けていいのだろうか。

湧き上がるのは、どうしようもない罪悪感だ。

オリヴェルの部屋へ入れば、彼はあっという間にガウン姿に戻って、いつものように長椅子に寝そべっていた。まあ、楽だよね。その格好。

「……おれを軽蔑するか?」

魔王復活を知ってしまった私に、オリヴェルはそんなことを聞いてきた。

私はただ、静かに首を横に振る。

私だって誰かが代わりに世界を救ってくれないかな、と思っているどうしようもなく醜い人間である。軽蔑されるというのなら、私もだろう。

「このまま世界が滅べば、お前の望む老衰による大往生ができなくなるぞ」

「……そうですね。それは確かに困るんですけれど」

私は情けなく眉毛を下げる。そりゃ死にたくない。死にたくないけれど。

だからといって、オリヴェルに命をかけて魔王と戦ってこいだなんて言えない。

かつて聖女だからと当然のようにそれを求められて、苦しんだ自分がいるから。

魔王討伐の旅の中で何度も死ぬような思いをして、何度も悲惨な現実に泣いて。

でも誰も、私に逃げていいとは言ってくれなかった。

聖女なのだから仕方がないと、私は全ての理不尽に当然のように耐えなくてはならなかった。

だから自分が生きたいからといって、同じことをオリヴェルに強いるのは、やっぱりおかしいと思い直したのだ。

オリヴェルを魔王討伐に駆り出そうとは、私にはもう思えない。

「魔王のことは、誰にも言いません。オリヴェル様の好きなようになさってください」

私が笑って言えば、オリヴェルはただ「そうか」と静かな声で言った。

もしかしたらオリヴェルは、背中を押してほしいのかもしれない。

自分自身では、もう正しい判断がつかなくなってしまっているのかもしれない。

私がここで泣いて死にたくないと言えば、魔王討伐に参戦してくれるのかもしれない。

けれどもやっぱりそれはしたくなかった。だって私はずっと、本当は逃げたかったのだから。

だからこのままオリヴェルのそばで、この世界の終わりを眺めるのも悪くないかもしれない。

そんなことを、ふと思ってしまった。


——けれどもやっぱり、この世界の神は私に容赦がなかった。


「助けてください……！」

自身も片目を失い、美しかったストロベリーブロンドの髪の大部分を失った状態で、ミラ嬢がかろうじて命を繋《つな》いでいるエリアス殿下を背負ってこの屋敷に戻ってきたのは、それから十日ほど経った頃。

エリアス殿下は右手と左足を失った状態で、すでに意識はなく、生きているのが不思議なくらいの状態だった。

すぐにアイリスの神殿にいる神官が呼び出され、治療にあたったが危険な状況のまま。

さらに魔王のいる巣《ダンジョン》から彼らを追って、魔物たちの群れがシュルヤヴァーラ侯爵領に向かっていた。

神に選ばれし者たちは、奇《く》しくもこのシュルヤヴァーラ侯爵邸に集まっていた。

そのことを、魔王は察していたのかもしれない。

だからこそ主力の魔物たちを、一気にこのアイリスへと向かわせたのだろう。私たちの息の根を止めるために。

このシュルヤヴァーラの地は、元々魔王のお膝元である。

魔王が復活したら、まず最初に戦場になるであろう場所。

そのことを、私は今更ながらに思い出した。

魔物たちの侵攻を知り、助けを求めて次々に近隣の村や町から、アイリスの街に人々が避難のため雪崩《なだ》れ込《こ》んでくる。

思ったよりも遥かに、魔王は力をつけていたらしい。もしやこれまであえて力がないように見せかけていたのか。

助けを求める声が、シュルヤヴァーラ侯爵領全土から聞こえてくるようだった。

――誰もが、オリヴェルに救いを求めていた。

この世界最後の竜。この世界最高の魔術師。

もはや彼以外に、この状況を打破できる者はいないだろうと。

だがそれはつまり、オリヴェルひとりに全てを押し付けるということで。

「……オリヴェル様」

使用人たちも、沈痛な面持ちでオリヴェルを見ていた。

誰だって死にたくない。だから少しでも助かる可能性があるものに縋《すが》り付《つ》くのは、仕方がないことだ。

「……お前は行け、と言わないのか？」

オリヴェルがまた、そんなことを私に聞いてきた。

「私には言えません。オリヴェル様が思うようになさってください」

だから私は、それだけを言った。自分の命も、この世界の行方も、全てを彼に委ねるつもりで。

彼が世界を愛せないのなら、彼に世界を救う気がないのなら、私もそれでいい。

――でもやっぱり彼が、この世界を、人間を、諦められないのなら。

「……人間なんか、嫌いだ。世界なんかどうなってもいい」

そう言いながら、眉間の皺は深く刻まれ、オリヴェルは酷く苦しそうだった。

本当に優しいドラゴンだと思う。

結局は助けを求める声を、無視できなくなってしまった。見捨てられなくなってしまった。

だから私はオリヴェルの顔を覗き込んで笑った。彼の背中を押してやるために。

「――でもオリヴェル様。私のことは嫌いじゃないでしょう？」

たとえ人間という存在自体が嫌いだったとしても。

これまで彼と過ごした日々で、多分これくらいは言ってもいいんじゃないかな、と私は思ったのだ。

それを聞いたオリヴェルは目を大きく見開いて、それから顔を歪ませた。

それはまるで、泣き出す前の子供のような顔だった。

「……ああ、そうだな」

そしてオリヴェルは寝っ転がっている長椅子から、ふらりと立ち上がった。

まさか肯定してもらえるとは思わず、私は驚いて、それから嬉しくてまた笑う。

彼が動き出すための建前になれたのなら、それでいい。

すると突然オリヴェルに手を引かれ、引き寄せられ、ぎゅっと抱きしめられた。

彼に抱きしめられるのは、前世今世合わせても、これが初めてだった。

体の大きな彼にすっぽり包まれて、まるでこの世界の全てから守られているような気がした。

求められているのは、激励か。私は彼の背中に手を這わせると。宥《なだ》めるように優しく撫《な》でた。

オリヴェルが小さく震えた。大丈夫。ひとりになんかしない。

「行ってくる」

耳元で囁《ささや》かれる言葉。ならば、私が言うべきはただ一つだ。

「はい。行ってらっしゃいませ」

オリヴェルは名残惜しげに私から離れ、己の部屋のバルコニーに出ると、その身を竜に転じた。

鋼色に輝く、漆黒のドラゴン。随分と久しぶりに見た姿の、そのあまりの美しさ神々しさに私は目を細める。

彼は翼をはためかせると、ひとり魔物たちがいる方へと飛び立っていった。

あえてその姿を、魔物への恐怖に怯える領民たちに晒《さら》すように。

そうすることで、彼らの心を少しでも慰めようとしたのだろう。

（本当になんだかんだ言って、優しいんだから）

その飛び去る姿を見送って、私はまたふふっと笑う。

彼は世界を救うことを決めた。ならば私もそうしよう。

――さあ、私は私がすべきことを、できることをしなくては。

この重荷を、オリヴェルひとりに背負わせてなどなるものか。

オリヴェルの姿が見えなくなると、私は踵《きびす》を返し、すぐにエリアス殿下とミラ嬢がいる部屋へと向かう。

その部屋は酷く血の臭いが充満していた。

けれども前世も今世も聖女や治療師をしていたので、慣れたものである。

「トゥーリさん……！」

私の姿を見た瞬間、それまで耐えてきたのであろうミラ嬢が、ぶわっと涙を浮かべた。

そして私に縋り付いて、子供のように声を上げてわんわん泣き始めた。

彼女の美しい顔は半分焼《や》け爛《ただ》れ、綺麗だった空色の目は失われてしまっていた。

戦士とはいえ、若い女の子だ。なんとも痛ましい。

――でも大丈夫。私がいるから。

私は彼女の色の変わってしまった頬に触れると、体の中にしまい込んでいた神力を一気に放出した。

「――再生」

ミラ嬢の身体中の傷が一気に癒えて、失われた右目までもを再生する。

そこにいた神官たちが、愕然とする。

再生魔法が使える者は、王都にある大神殿でもほとんどいないからだろう。

「え、ええ？　なんで……？」

失われたはずの視界が突然復活したからか。ミラ嬢が驚き慌てふためいている。

そんな彼女に構わず、私はエリアス殿下のそばへと近づく。

手も足も失って、迫り来る死を前に、真っ青な顔をしている少年のそばに。

私とオリヴェルの覚悟が決まらないばかりに、彼らを辛い目に合わせてしまった。

「……痛かったですね。もう大丈夫ですよ」

私は優しく話しかけると、その額に手を当て、先ほどよりもさらに大量の神力を彼の体に流し込む。

あっという間に手足までもが再生され、傷ついた内臓も全て元の状態へと戻る。

流石に軽く目眩《めまい》がして体がふらついた。こんな高位の治療を行うのは、今世では初めてだからか。

「聖女様……」

この場にいた神官が、呆然《ぼうぜん》と声を漏らした。

神様の言う通り、結局私は、今世も聖女をするしかないらしい。

「……トゥーリさん。いえ、トゥーリ様は、聖女だったんですね」

するとミラ嬢が乾いた声で聞いてきた。

その声に滲む焦燥に、侮蔑に、私は困ったように笑った。

「だったらなんで……！　なんで最初から助けてくれなかったんですか……！」

——聖女のくせに、という彼女の怨嗟《えんさ》の声が聞こえてくるようだ。

きっとエリアス殿下を、そして女性としての自分の未来を、失うと思って絶望していたのだろう。

自分たちが味わった痛みと苦しみは、私のせいだと思っているのだ。

では、私の罪とは何だろうか。できることをあえてしなかったこと？

私は別に聖女になんて、なりたくてなったわけではないのに？

「……やめろ。ミラ」

その時掠《かす》れた声が聞こえた。エリアス殿下だ。どうやら意識を取り戻したらしい。

「僕らがこうなったのは、己の力を過信して、勝てない相手に挑んだせいだ」

魔王がいる場所へと彼らは突入し、そして命からがら逃げ出してきたのだ。

「トゥーリさんは、僕らを見捨てることもできた、それなのに助けてくれたんだよ」

必死にエリアス殿下が、寝台から身を起こそうとする。

だがうまくいかないようで、再度寝台に沈み込んでしまった。

するとミラ嬢が慌てて彼の元に駆け寄り、その体を支えた。

「ありがとう、ミラ。君の綺麗なその目をもう一度見ることができて、嬉しい」

ミラ嬢の顔が真っ赤に染め上がる。十代前半でありながら、なかなかに罪深い王子である。そのへんはあのヨアキムの子孫というべきか。

「……トゥーリさん。僕を助けてくれて、ありがとう」

エリアス殿下がそう言って、頭を下げた。すると隣にいたミラ嬢も慌てて頭を下げる。

私を糾弾したい気持ちが先行し、傷を治してもらった礼をまだしていないことに気づいたのだろう。

「……慣れるまでは、少し時間がかかるかもしれません。無理はなさらずに」

体の傷は癒えているが、傷を受けた際の精神的衝撃までもが癒えるわけではない。

そして精神の傷は、体の傷よりも治すために多くの時間がかかる。

いわゆるこれは、幻肢痛《げんしつう》の逆バージョンだ。失ったはずのものを突然取り戻すと、脳が誤作動を起こして、いつもの通りに動かすことができなくなってしまう。

かつてオリヴェルも死に至るほどの火傷《やけど》を負い、私が治した後もしばらく意識が戻らなかったことがあった。

そしてその間に、私はうっかり死んでしまったのだった。

今思えば、私は一体どれほど彼の心を傷つけたことだろう。いつか償えたらいいなと思う。

ミラ嬢はまだ納得ができないようで、唇を噛《か》み締《し》め、私を睨んでいる。

はたして私は彼らに謝るべきだろうか。できることがあったのにしなかったことを？

――馬鹿馬鹿しい。私は嘲笑を浮かべた。

「エリアス殿下の言う通り、あなたたちを助けないで見捨てるって選択肢も、私にはあったのですけれど」

しかもその方が恨まれずに済んだ、なんて。なんとも皮肉な話である。

ミラ嬢は絶句して、化け物を見るような目で私を見る。

聖女だからって、慈悲深い心を持っているとでも思ったのだろうか。そんなものは、ただの呪いだ。

己を犠牲にしてでも、どうでも良い他人に尽くしたいなんて、私は思わない。

悪いが私はどこにでもいる、利己的な人間なのだ。

「……私は別に聖女になんて、なりたくなかったんです」

私の言葉に、その場にいた人間たちが息を呑み、目を丸くする。

神に遣わされたはずの聖女が、そんなことを考えているなんて思いもしなかったのだろう。

「私は自分の人生を、自分のために使いたいんです。ただの一人の人間として生きたいんです。神力なんて欲しくなかったし、こんな力を、こんな運命を、勝手に押し付けてきた神に対して、ふざけるなと恨みに思っているくらいです」

それでも今、魔物と戦っているであろうオリヴェルを、助けに行けるのは私だけだから。

「私だって本当は、傍観者でいたいんです。守られる側でいたいんです。でも私しかいないから、私しかできないから、仕方なくここにいるんです」

それから私は真っ直ぐに、エリアス殿下とミラ嬢を見据えた。

思うところがあったのだろう。彼らの目に、私を非難する色はもうなかった。

「なによりも、私以上に世界を恨んでいるはずのオリヴェルが、この世界を救うことを選んだの」

だったら私も、彼の選んだ道に殉じる。

「動けるようだったら、一緒に来てください。私はオリヴェルを助けに行きます」

——そう、彼ひとりに背負わせないために。

第四章　竜の恋

雑魚を一掃するには、竜型の方が戦いやすい。

オリヴェルは高温のブレスを吐き出して、周囲の魔物たちを焼き尽くす。

それほど強い魔物はいない。百年前に比べれば、随分と楽だ。――今は、まだ。

だがとにかく数が多い。もう半日近く一人で魔物を屠《ほふ》り続けているが、一向に数が減らない。

このままオリヴェルが力尽きるのが先か、魔物たちが全滅するのが先か。

（……やはり昔に比べて、体力が落ちているな）

それはこの数十年、魔法の研究にかまけて、ダラダラと部屋に引きこもっていたせいである。

だから言ったのに、と腰に手を当てて怒るアイリの姿が眼裏《まなうら》に浮かぶ。

だがそのアイリの姿が滲んで、何故かトゥーリの姿に変わる。

（……だから何故……！）

己の妄想に、オリヴェルは動揺した。最近アイリのことを思い返すたびに、何故かその姿が、トゥーリに入れ替わってしまうのだ。

いつから自分は、こんな多情な竜になってしまったのか。竜は一途なところが売りなのに。

オリヴェルは思わず思考を散らそうと、ブンブンと首を横に振った。

すると何匹か近くにいた魔物が、その振り回されたオリヴェルの頭に打ち据えられて吹き飛んでいった。なんせ竜の頭は硬い。

（おれは、なんでこんなことをしているんだろうな……）

アイリを失ってからずっと、この世界も人間も滅んだって構わないと思っていたのに。

この世界のため人間のため、オリヴェルは今、必死になって魔物の侵攻を食い止めている。

だが何故だろうか、不思議と後悔はない。むしろ迷いが吹っ切れた気すらする。

（多分、トゥーリのおかげだ）

魔物がこのシュルヤヴァーラ侯爵領に雪崩れ込んできたと報告を受けたオリヴェルは、どうしたらいいのかわからなくなってしまった。

無視してやろうと思っていたのに。見捨ててやろうと思っていたのに。

実際に助けを求める声を、救いを求める人々を目の当たりにしたら、苦しくてたまらなくなってしまった。

だからつい近くにいたトゥーリに聞いたのだ。おそらくは、背中を押してほしくて。

『……お前は行け、と言わないのか？』

ここで彼女が泣いて、死にたくない、助けてくれと縋ってくれたなら。

なんとなく、戦場へ赴く理由ができると思った。

世界を憎んだかつての自分を、納得させられると思った。

だがトゥーリは、そんなことは一切言わなかった。

ただ『好きにすればいい』と言った。

『……人間なんか、嫌いだ。世界なんかどうなってもいい』

ついそうぼやけば、彼女はオリヴェルの顔を覗き込んで笑った。

『――でもオリヴェル様。私のことは、嫌いじゃないでしょう？』

それは随分と懐かしい言葉だった。

かつてオリヴェルが愛した聖女、アイリにも同じような言葉を言われたことを思い出す。

見た目がまるで違う彼女たちが不思議と重なってしまうのは、きっとその言動が似ているからなのだろう。

人間という存在は嫌いだ。でもアイリのことは、トゥーリのことは、嫌いではない。

だったらもう、答えは一つだった。


――世界を救う理由なんてきっと『愛する女のため』でいい。

そんな考えに至ったオリヴェルは、一気に目の前の靄《もや》が晴れていくのを感じた。

人はきっと大義を為《な》す時、国とか世界よりも、案外身近な家族や目の前の恋人のことを考えて動くものなのだろう。

己が愛する何かのために、属するその全てを救うのだ。

そしてオリヴェルは今、ここにいる。

「――ぐっ！」

その時、オリヴェルの翼に鋭い痛みが走った。痛みの元を確認すれば、翼の一部が焼け焦げていた。

竜の鱗は硬い。本来であれば、ほとんどの攻撃を弾くはずなのに。

攻撃が放たれた方向を見やれば、明らかにこれまでとは格の違う、蛇の尻尾を持つ巨大な獅子の魔物がいた。

しかも一匹や二匹ではない。それらが群れとなって、こちらへと向かってくる。

そして一斉に口を開け、先ほどと同じ炎を吐き出してきた。

(――しくじった)

流石にこれは防ぎきれない。飛び立って迫り来る炎を避けようとしたが、翼を前もって傷つけられていたことを思い出す。

（——どれくらいの損傷を受けるか）

とりあえず最低限、目と内臓だけは守らねばと、オリヴェルが固く目を瞑り、傷ついた翼を前方に展開して衝撃を待っていたところで。

突如目の前に光の壁が出現し、オリヴェルへ向かってきた炎を全て弾《はじ》き飛《と》ばした。

（——え？）

恐る恐る目を開ければ、オリヴェルの足元から桃色の髪の少女が飛び出して、その小柄な身にそぐわぬ巨大な剣を振り上げ、目の前にいた獅子を頭から真っ二つに叩き切る。

確か彼女は、第三王子と一緒にいたミラという名の伯爵令嬢だ。深い傷を負っていたはずなのに、何故。

さらには雷の魔法が次々に周囲の魔物たちに落ちる。それはかつて勇者ヨアキムが好んで使っていた魔法に良く似ていた。

どうやら今代の勇者である第三王子も、この場に来ているらしい。

彼もつい先ほどまで、生死の境目を彷徨《さまよ》っていたはずなのに。何故。

思いがけない突然の援軍に、オリヴェルは混乱の極みであった。一体何が起きているのか。

「……翼を失おうが、手足を失おうが、命さえあれば、私がなんとかします」

さらには聞き慣れた、けれどもいつもより凛《りん》とした声が、響き渡る。

それは毎日毎日しつこいくらいにオリヴェルに話しかけてくる声だ。

気がつけばこの耳に、心地よく聞こえるようになっていた。その声。

そして酷い火傷を負っていたはずのオリヴェルの翼が、瞬く間に再生する。

こんな規格外の神力を使う人間を、オリヴェルは世界にたった一人しか知らない。

(――アイリ)

――死んでしまった、オリヴェルの愛しい聖女。

オリヴェルを守っていた眩《まばゆ》い光の盾が消える。彼を背にして立っているのは一人の少女。

見慣れた我が家の侍女のお仕着せ。風に舞い踊る、柔らかそうな茶色の髪。

「トゥーリ?」

思わずその名を呼べば、トゥーリが振り向き、嬉しそうに笑った。

「オリヴェル様に名前を呼んでいただくのは、これが初めてですね」

確かにいつも彼女のことを、オリヴェルは『お前』と呼んでいた。

本当はいつだって綺麗な響きの彼女の名を、呼ぶ機会を窺っていたのに。

何故か躊躇《ためら》われて、これまで一度も呼ぶことができなかった。

そんなトゥーリを包む神力は、どういうことだろう。かつてのアイリととてもよく似ている。

オリヴェルは混乱していた。――自分の目の前に立っている、これは、一体誰だ。

「トゥーリさん……！　避けて……！」

　するとその時、エリアスとミラの攻撃から逃れた獅子が一匹、一番弱そうに見えたのであろうトゥーリに向かって、炎を吐き出した。

　オリヴェルの翼すらも焼いた、只人《ただびと》が受けたら灰になるであろう、炎を。

「逃げろ！　アイリ……！」

　庇おうと慌ててオリヴェルが翼で包み込もうとしたら、彼女は不敵に笑った。

「大丈夫ですよ。私に傷をつけられる魔物なんて、そういませんから」

　そしてまた先ほどの光の盾を前面に展開すると、襲いかかってきたその炎を圧倒的な力で跳ね返した。

「…………！」

（——待て。おれは今、彼女をなんと呼んだ？）

　無意識のうちに、呼んでしまった名。だが不思議とそれが答えであるような気がするのは何故だろう。

　そして、何故トゥーリであるはずの彼女は、その呼びかけに普通に答えたのか。

「オリヴェルにその名前で呼ばれるのは、久しぶりね」

　楽しそうに嬉しそうに笑う、トゥーリであり、そしておそらくアイリでもある存在。

「……まさか」

思わずオリヴェルの口から、乾いた声が漏れた。

「でも今はトゥーリなので。トゥーリって呼んでくださいね。そして答え合わせは後にしましょう。ほら、また新たな魔物が来ますよ。申し訳ないですが聖女には戦う能力はないので、攻撃者《アタッカー》の皆さんが頑張ってください！」

勇者であるエリアス、剣士であるミラ、そして魔法使いであるオリヴェルが目の前にいる魔物たちを攻撃し、そんな彼らを聖女であるトゥーリが援護する。

ああ、懐かしい陣形《フォーメーション》だ。百年前も、こうして戦っていた。

体にかつてと同じ力が漲《みなぎ》ってくる。ああ、何もかもが懐かしくてたまらない。

「……ははっ！」

オリヴェルの口から、久しぶりに笑い声が漏れた。

興奮状態になって夢中で目の前の敵を屠っているうちに、気がつけば襲いかかってきた全ての魔物を殺し尽くしていた。

もはやこの場で息をしているのは、勇者一行の三人と、一匹だけだった。

「終わったぁぁ……！　やっぱりブランクが長すぎて、流石にきっついわ……！」

トゥーリが叫んで、魔物たちの血が染み込んだ大地にひっくり返る。

「お疲れ様です。本当に頑張りましたね、私たち」

エリアスとミラも笑ってそう言うと、その場にしゃがみ込んで肩で深く息を吐いた。

この二人も神に選ばれし者らしく、思った以上に戦えた。

流石に全盛期のヨアキムとペトリほどではないが、十分な戦力だったとオリヴェルは思う。――だが今は、そんなことよりも。

「…………」

オリヴェルは何も言わず、地面に寝っ転がっているトゥーリをぱくりと口に咥《くわ》えた。

――もちろんその体に、傷をつけない程度の強さで。

「……ええ？　ちょっと何をしてるの？　オリヴェル」

「侯爵……！　一体何を……！」

そして驚くエリアスとミラをその場に置きざりにしたまま、トゥーリを口に咥えたオリヴェルは、ばさりと翼を広げてその場から飛び立った。

「ひえええええ……！」

空を飛ぶのは初めてだったのだろう。情けなく叫ぶトゥーリの声が、なんとも可愛い。

（さあ、早く隠さなければ）

オリヴェルは戦闘の興奮から醒《さ》めやらぬ頭で、そんなことを考える。

今直ぐにでも安全なところに、大切に大切に、トゥーリを仕舞《しま》い込《こ》まなければ。

次に彼女を失ってしまったら、オリヴェルはもう正気ではいられないのだから。

ちなみに宝物を巣にしまい込むのは、竜という種族の特性である。仕方がない。

そして竜の飛行速度は速い。全速力であれば音速を超える。

聖女を口に咥えながら、あっという間に屋敷へと戻ってきた領主を、領民たちが歓声とともに迎える。

飛び立ったバルコニーに着くと、オリヴェルはその姿を人間のものへと転じた。

ちなみに竜になった際に、着ていたガウンはビリビリと四散したので、もちろん全裸である。

そしてトゥーリは逃げられないよう、しっかりと腕の中に閉じ込めてある。

彼女は先ほどまで降ろせと暴れていたが、一度派手に高度を落としたら、「内臓がふわっとしたぁぁぁ！」と叫び、その後はすっかり大人しくなっていた。どうやら随分と怖かったらしい。

「……どうした？」

そんな彼女は真っ赤な顔をして、口をぱくぱくとさせていた。

何故、と思い、そこで自分が今全裸であることに気づく。

オリヴェル自身は元々竜であるため、全裸であることに特段抵抗はないのだが。

やはり人間は気になってしまうものらしい。

彼女の顔を赤くさせているのが、勇者ではなく自分であることに、オリヴェルは何やら深い感慨にひたる。

「お、お、落ち着いてオリヴェル、じゃなくて旦那様！　とにかくまずは服を着ましょう！」

視線のやり場に困っているのか、トゥーリの目が忙《せわ》しなく動いている。そんなところもかわいい。

「お願いですから！　いつものガウンでいいですから！　とりあえず何か着てください……！」

トゥーリの必死の訴えをまるっと無視して、オリヴェルは彼女を抱き上げたまま寝台に運ぶ。

ちなみにそのいつものガウンは四散してしまったので、残念ながらトゥーリの要望には応えられない。

「……別にどうせ脱ぐから必要ないだろう？」

そう、すぐにでもトゥーリを自分の番にしなくてはならない。今度こそ他の誰にも奪われないように。

「……オリヴェル……？」

何を言っても動じない不穏なオリヴェルに、とうとう恐怖を覚えたのか。

トゥーリが窺うような小さな声で、恐る恐る彼の名前を呼んだ。

その響きに胸がいっぱいになる。旦那様と呼ばれるのも悪くはないが、やはり彼女には名前で呼ばれたい。

トゥーリを寝台にそっと下ろすと、オリヴェルはそのまま彼女の上にのしかかった。

それでなくとも大きなトゥーリの若草色の目が、さらに真ん丸に見開かれる。

「いやちょっと待って……！　これはあまりにも性急すぎるのでは……！」

慌てふためいたトゥーリがそう言って、オリヴェルの腕の中から抜け出そうとする。

自分から逃げようとする彼女の姿に、オリヴェルは凶暴な衝動に駆られた。

（……もう、逃さない）

今すぐに、彼女を自分のものにすると決めたのだ。もう二度と後悔しないために。

オリヴェルはトゥーリの細い手首を、片手でまとめ上げて拘束する。

それからもう片方の手で、首までしっかりと包み込んでいる、お仕着せの釦《ボタン》を外していく。

トゥーリの白い肌が少しずつ露《あら》わになっていくのを、オリヴェルは眩《まぶ》しげに目を細めて眺めた。

そして人間よりも少々長い舌を、首筋から胸元までねっとりと這わせる。

魔物との戦闘中に汗をかいたからだろう。彼女の肌にほんのりと塩味を感じる。

「んんっ……！　オリヴェル！　待って……！　こら！　舐めないの！　私は食べ物じゃありません……！」

往生際悪くまたジタバタと暴れるトゥーリ。だが非力な彼女ではオリヴェルを止めることはできない。

オリヴェルは初めて味わう彼女の肌に夢中になっていた。

お仕着せを剥《は》ぎ取《と》り、その下のシュミーズも剥ぎ取って、トゥーリの肌を隅々まで舐め啜《すす》る。

「や、ダメ、くすぐったい……！」

その度にトゥーリが体をくねらせながら悶《もだ》えるのが、またたまらない。

そして調子に乗ったオリヴェルが、トゥーリの最後の砦《とりで》であるドロワースまでをも剥ぎ取ろうとしたところで。

突然目の前に展開された光の盾に弾き飛ばされ、オリヴェルは寝台から転げ落ちた。

冷たい床に体を打ちつけて、彼はそこでようやく正気に戻る。まあ、竜なのでさして痛くはない。

「いい加減にしなさい！　人の話をちゃんと聞きなさいっていつも言っているでしょ！」

どうやら自分は今、彼女の結界に阻まれたらしい。

拒絶されてしまったことに、オリヴェルは少なからず衝撃を受ける。

恐る恐るトゥーリを見上げれば、彼女は腕で体を隠しながら、顔を真っ赤にしてぷんぷん怒っていた。

その様子から鑑みるに、どうやら見捨てられたわけではないらしい。

「そんな捨てられた子犬みたいな目で見てもダメです！　物事には順序があるの！　同意も取らずに盛《さか》るんじゃありません！」

何やらアイリの頃の言葉遣いと、トゥーリの今の言葉遣いが混ざり合っている。

どうやら彼女も、まだ混乱しているのかもしれない。そんなところもとても可愛い。

「そう！　まずは同意をとりましょう！　性的同意！　無理矢理はダメ絶対！」

――つまりは、同意さえ取れれば、続きをしても良いということで。

「おれは、トゥーリに触れたい。触れてもいいか？」

オリヴェルは率直に聞いた。彼女にどうしても触れたいのだ。

「……どうして私に触れたいの？」

トゥーリに逆に問われて。そこでオリヴェルは、彼女にまだこの心を伝えていないことに気づいた。

自分が何故彼女に触れたいと思っているのか。――その理由を。

かつて彼女が死んだと聞いたあの日。この想いはもう二度と伝えることができないのだと、ひどく後悔したことを思い出す。

そう。これはずっと諦めていた、やり直しの機会なのだ。彼女に自分を見てもらうための、機会。

オリヴェルは立ち上がると、トゥーリの手を取って、その甲に口付けを落とした。

「おれは、トゥーリを番にしたい」

「人間には番という言葉は使いませんね……」

「おれは、トゥーリを妻にしたい」

するとトゥーリがさらに顔を真っ赤にして、それから困ったように、けれども滲み出る喜びを隠しきれない様子で聞いてきた。

「……どうして私を、妻にしたいの？」

それはずっと彼女にそばにいてほしいから。笑ってほしいから。時に叱ってほしいから。そう、つまりは。

「おれが、トゥーリを愛しているから」

するとトゥーリがよくできました、とばかりに花開くように笑った。

それはオリヴェルが、ずっと見たかった笑顔だった。

オリヴェルが何かを頑張るたびに、アイリはいつもこうして笑ってくれた。

懐かしさに居ても立ってもいられなくなったオリヴェルが、そのままトゥーリを寝台に押し倒そうとしたところで。

彼女がまた抗議の声を上げた。

「待って！　せめてお風呂に入らせて！　私今、汗をかいてて汚いから……！」

確かに先ほどの魔物との戦闘で、ドロドロになったのは事実であるが。オリヴェルは気にしない。

それどころか、むしろ。

「……お前の汗は美味しい」

「お黙り。この変態蜥蜴……！」

本当に美味しいのに、などと思いながらも、トゥーリが目に涙を潤ませながら嫌がるので、オリヴェルは渋々彼女を抱き上げ、浴室へ向かった。

そこはまあ、竜と人間との感覚の違いなのだろう。そういったものは尊重しなければなるまい。なんせ昔からよく彼女に叱られていたのだ。人間の中で暮らすなら、人間に合わせるのが礼儀だと。

魔法で水を生み出し、温めることなどオリヴェルには容易い。すぐに浴槽を満たしてそこに沈めてやれば、トゥーリはほうっと安堵のため息を吐いた。

「オリヴェル。体を洗うから、悪いけど後ろを向いていて」

「別におれは気にしないが」

「私が！　気にするの！」

また怒られてしまった。ずっとこのままトゥーリを見ていたいのに。オリヴェルは渋々目をそらす。

ちっとも汚れていないのに、トゥーリは体やら髪やらを必死に洗っていた。

その際に何度か手伝い名目で彼女に触れようとしたが、怒られてしまった。

どうやら寝台以外の場所では触れてはダメらしい。人間の女とは、実に面倒な生き物である。だがそこがまた可愛い。

トゥーリが納得するまで己の体を磨き上げたのを見計らい、また抱き上げて寝台に運ぶ。

魔法で暖かな風を作り出し、濡れた髪や体を乾かしてやると、気持ちよさそうに目を細めた。

するとトゥーリがその細い腕を伸ばし、オリヴェルの首にそっと巻きつけて、体を擦り寄せてきた。

「……私も、オリヴェルのことが大好きよ」

そしてオリヴェルの耳元でそう囁く。その時の感情を、なんと言えばいいのか。

視界が揺らいだ。次から次に目から液体がこぼれ落ちる。こんなことは、初めてだ。

トゥーリはそんなオリヴェルを驚いたように見つめて、それから小さく笑い唇を寄せると、目元から溢れる涙の雫をそっと吸い取ってくれた。

その優しい彼女の唇に、オリヴェルは己の唇を重ねる。人間たちがよくやっているように。

これは人間の、愛情表現であるらしい。

唇をくっつけ合うだけの行為に、何故そんな意味を持たせるのかと、かつては不思議に思っていたのだが。

何度も唇を重ねているうちに、オリヴェルは焦燥に苛まれ始めた。

それはもっと奥までトゥーリを暴いてしまいたいという、欲望だ。

唇の間から舌を差し込めば、驚いたのかトゥーリが小さく体を跳ね上げた。

だが拒むことはなく、そのまま内側に受け入れてくれる。

彼女の柔らかく温かな粘膜に舌を這わせる。探るたびに、腰のあたりが熱を持って疼《うず》く。

ああ、確かにこれは愛を伝え合う行為なのだと、オリヴェルは悟る。

「んんっ、ん、はっ……」

オリヴェルが口腔内《こうこう》を貪るせいで呼吸がうまくできないのか、トゥーリが鼻にかかった甘ったるい声を漏らす。その声に余計に劣情が煽られる。

蹂躙《じゅうりん》し尽くしてようやく満足したオリヴェルが、トゥーリの唇を解放してやれば、彼女はとろりと蕩《とろ》けたいやらしい目で、ぼうっとしていた。

オリヴェルはトゥーリを寝台に押し倒す。彼女はもう逃げ出そうとはしなかった。

その白い体の隅々まで眺め、唇で、舌で、指で、探っていく。

洗われてしまったから、もう味はしないはずなのに、不思議とその肌を甘く感じる。

トゥーリが反応を示した場所は、特に何度も何度も執拗《しつよう》に刺激した。

どうやら彼女は胸の先端と、脚の間が最も快感を得られるようだ。

そして繋がるためのその場所は、すでにオリヴェルを受け入れるべく、たっぷりと蜜を湛えていた。

早くトゥーリとひとつになりたい。オリヴェルは痛いくらいに腫れ上がったそれを埋め込もうと、その場所にそっと押し当てる。

すると、トゥーリが悲鳴を上げた。

「待って！　オリヴェル！　多分今のままじゃ無理……！　裂けちゃう！」

「……え？」

だが言われてみれば、確かにここに自分のものが入るとはオリヴェルも思えなかった。

その入り口はあまりにも、慎ましやかで小さく狭い。

「な、慣らしてほしいの。初めてだから」

「慣らす……」

つまりはオリヴェルを受け入れられるくらいに、その場所を拡《ひろ》げるということだろうか。

「……どうすればいい？」

人間のことも女のことも、オリヴェルにはよくわからない。なんせ交合なんて生まれて初めてするので。

したがって本人に聞くのが一番いいと思ったのだが。

トゥーリは顔を真っ赤にし、眉を下げ、困ったような泣きそうな表情を浮かべた。

どうやら自分は彼女に、随分と酷な質問をしてしまったらしい。

「え、ええと……。た、たとえば指を挿れてみるとか……？」

なるほど。少しずつ本数を増やすなどして慣らして、その内側を拡張させるということか。

オリヴェルは己の指を見つめる。こんな爪のある指を彼女の柔らかな内側に挿れたら、絶対に痛いだろうと思う。それならば。

「ええ……！　ちょっと！　オリヴェル……！」

オリヴェルはトゥーリの太ももを大きく割り開き、その付け根に顔を埋める。

すると驚いたのか「流石にそれは初心者には難易度が高い！」とトゥーリがまたしても訳のわからない悲鳴を上げた。

それでも指よりは絶対にこっちの方がいいはずだと、指の腹でそこにある割れ目を押し開き、蜜をこぼす入り口に、オリヴェルは人間のものよりも太く長く、そして器用な舌を差し込んでいく。

「や、あ、あああっ……！」

トゥーリが腰を小さく跳ね上げて悶える。痛くはなさそうだが苦しそうなので、オリヴェルは蜜口のすぐ上にある、薄紅色の固く痼《しこ》った突起を指の腹でさすり上げた。

そこは先ほど全身をくまなく触れた際に、トゥーリが最も良い反応を示した場所だった。

「んんっ……！」

またしてもトゥーリが小さく腰をガクガクと震わせる。やはりこれは気持ちが良いようだ。

調子に乗ったオリヴェルは、陰核の表面を指先で摩《さす》り、時に押しつぶしながら、舌で膣壁を隅々まで探る。

すると何故かざらりとした感触の場所を見つけ、そこを舌先でぐっと押し上げてみた。

「や、そこ……！　だめ……！　んああっ……！」

するとトゥーリが切なげに高い声を上げ、背中を弓形にして大きく痙攣《けいれん》した。

それと同時に彼女の内側が収縮して、きゅうっとオリヴェルの舌を締め付ける。

そのトゥーリの反応が楽しくて、さらに彼女を悦《よろこ》ばせようと、オリヴェルは執拗にそのざらつきを舌先で執拗に刺激する。

「ひっあああ……！」

するとトゥーリはまた高い声を上げながら、何度も体を跳ね上げた。

とぷりと蜜を滲ませ、ひくひくと脈動を打ちつつ収縮を繰り返すその中を楽しみながら、オリヴェルはさらに舌を奥へと進めていく。

すると今度は可愛らしい、小さな窄《すぼ》まりを見つけた。

これはなんだろうと、そこも尖った舌先で突いたり押し上げたりして刺激を与えてみた。

その度にトゥーリがひいひい泣き叫びつつ身体中に汗を滲ませて、全身を強張《こわば》らせたり、弛緩《しかん》させたりを繰り返した。やはりここも気持ちが良かったらしい。

そしてしばらくトゥーリの中を弄《いじ》り倒して楽しんでいたら、次第に彼女の反応が鈍くなってきた。

どうしたのだろうと、股から顔を少し上げてトゥーリの顔を窺い見れば、彼女は口角から唾液をこぼしつつ、半ば意識を朦朧《もうろう》とさせていた。若干白目を剥《む》いているかもしれない。

オリヴェルは気付いていなかったが、どうやら連続で絶頂させすぎてしまったらしい。

そして絶頂は繰り返すと、疲れてしまうものらしい。

次はもう少し手心を加えようと、オリヴェルは少しだけ反省した。

普段オリヴェルを運動不足だなんだと叱るくせに、トゥーリ自身もあまり体力はないようだ。人間であり、さらに女性であることを考えると、仕方がないのかもしれないが。

（いや、あの剣士の小娘は、凄かったが）

小柄なくせに巨大な剣を振り回していた桃色の髪の少女を思い出し、オリヴェルは小さく笑う。

やっぱりトゥーリは体力がなさすぎると思う。また一緒に庭園を散策して体力を付けさせなければ。

トゥーリの中から舌を抜き取ってみれば、小さかった蜜口はぽかりと空洞になって、ひくひくと小さく痙攣を繰り返していた。

そろそろ大丈夫そうだと、オリヴェルは散々愛で倒したその場所に、己の猛りを押し当てる。

やはりもう拒否はされなかった。それどころか待ち望んでいたように、オリヴェルの先端を包み込んで蠢《うごめ》いた。

「トゥーリ。挿れるぞ」

先ほど散々同意を取れと怒られたので、オリヴェルが律儀に声をかければ、彼女は空《うつ》ろな顔をしながらも、かすかに頷いてくれた。

そのままゆっくりと腰を押し進めていく。トゥーリの中はきつく、そして温かく、絞り上げるようにオリヴェルを包み込む。

だが散々しつこく慣らしただけあって、それほどの抵抗はなくすんなりと奥へと進んでいき、やがて完全に繋がり合ったところで。

「ああっ……‼」

トゥーリがまた体を強張らせ、ガクガクと震えた後、やがて弛緩する。

どうやら挿れただけでまた達してしまったらしい。随分と感じやすい体をしているようだ。可愛い。

だがオリヴェル自身も、彼女の絶頂とともにうねるその肉壁に持っていかれそうになり、奥歯を噛み締めて必死に堪えなければならなかった。

そのまましばらくは動かずに、トゥーリの様子を窺う。

汗の浮き上がったその滑らかな額を撫で、柔らかな茶色の髪を撫でる。

するとトゥーリは心地良さそうに、うっとりと目を細めた。

柔らかな彼女の表情に、うっかりそのまま腰を打ちつけそうになって、オリヴェルは必死に堪えた。

トゥーリを早く味わいたくて、腰が勝手に小刻みに震えてしまう。

「……痛くはないか?」

なんせこんな小さな体で、オリヴェルを受け入れているのだ。

思わず心配になって聞いてみれば、トゥーリは少し恥ずかしそうに首を横に振った。

「初めてなのに、全然痛くなくてびっくりしてるの。オリヴェルが優しくしてくれたからかな」

そして手を伸ばし、オリヴェルの両頬を手のひらで包むと、そっと唇を重ねてきた。

初めて彼女から与えられた、柔らかくて温かな感触。

これ以上堪えることは、二百年生きたオリヴェルであっても無理であった。

喰《く》らいつくようにトゥーリの唇を奪い返すと、オリヴェルは一度腰を引き、彼女を穿《うが》った。

「んんっ……！　んあっ！」

口を塞がれたまま揺さぶられたトゥーリが、鼻にかかった甘い呼吸を漏らす。

そして彼女の手が宙を彷徨い、やがてオリヴェルの背中に回される。

弱い力ながらもトゥーリにぎゅっと抱きしめられて、またオリヴェルの視界が揺らいだ。

——あの時、抱き締めればよかった。

そしてヨアキムなんてやめておけと言えばよかった。

ずっと後悔してきた心が、ようやく報われた気がした。

肌がぶつかる乾いた音と、互いの体液が撹拌される濡れた音。そして荒い呼吸と甘い嬌声《きょうせい》。それがどれほど長い時間続いたのか。

「——くっ」

オリヴェルが強く彼女を抱き締め、ようやくその体の奥深くで吐精した時。

すでにトゥーリはやはり若干白目を剥きつつ、完全に意識を飛ばしていた。どうやらやりすぎてしまったらしい。

――――だが後悔はない。これでトゥーリはオリヴェルのものだ。

未だ繋がったまま、オリヴェルは眠ってしまったトゥーリの顔中に口付けを落とす。

そして彼女を胸に抱き込んで、彼女の髪に顔を埋めて深く呼吸する。

ああ、やはりいい匂いがする。オリヴェルの大切な、番の匂いだ。

その匂いを胸いっぱいに吸い込むと、オリヴェルもまたやってきた睡魔に身を任せ、その瞼《まぶた》を閉じた。

◇◇◇◇

目が覚めれば、何かが体に巻き付いていた。

だが巻き付いていなくとも、私は体を動かすことができなかっただろう。

全身が気だるい。全くもって動ける気がしない。むしろ生きていることが奇跡くらいの体の重さだ。

軋む首をギギッと必死に上へ向ければ、そこにあるのは相変わらずキラッキラのオリヴェルの尊顔。

思わず引っこ抜いてやりたくなるほど長くて濃いまつ毛に、真っ直ぐに通った高い鼻梁《びりょう》、薄くて形の良い唇。

何やらしみじみとその顔を見つめていると、昨日のことがフラッシュバックしてきた。

『トゥーリ……』

切なくも愛しげに私を呼ぶ声。潤んだ黄金の目。溢れ出るけしからん色気。

そして与えられた、この世のものは思えないとんでもない快楽。

思い出してしまったそれら全てに私は発狂し、この寝台の上をゴロゴロ転がりたい気持ちになった。

彼は非常に満足げな顔で幸せそうに寝ている。おそらく死にそうな顔をしているであろう私とは反対に。

羨ましい限りである。だが、それにしても本当に――――凄かった。

いやもう、それしか言えない。やはり異種族間性交は危険である。ドラゴンセックス怖い。

最初から最後まで、私はほぼイかされっぱなしであった。正直記憶もところどころすっ飛んでいる。

これに慣れてしまったら、もう私は人間相手では満足できなくなってしまうのではないだろうか。

いや、人間も竜も含めて私は初めてだから、普通がどんなものかはわからないのだけれど。

それでも、とにかくこれが明らかにおかしくて、尋常ではないことだけはわかる。

それとも初めてでこれって、もしかして私の方がド淫乱ということなのだろうか。

聖女なのに。むしろ聖女で淫乱って一体誰得の設定なんだ。

心の中で自分自身にツッコミを入れつつも、とりあえず私は身を起こそうとした。

だがやはり、身体が全く言うことを聞かなかった。

身体中の筋肉が、関節が、昨夜散々酷使されたせいで悲鳴をあげている。若干死の危険すら感じる。

このままでは今日一日、寝たきりになってしまう可能性が高い。

「……回復」

私は己の胸に手を当てると、自分自身に治癒魔法をかけた。すると一気に体が楽になる。

我ながら、さすがは聖女の神力である。本来こんなふしだらなことに使っちゃいけないんだろうけど、許してほしい。ごめんよ神様。

それにしたって命の危険を感じるほどのセックスってどうなんだ。やっぱりドラゴン怖い。

まだ混乱しているからか、頭の中で阿呆《あほう》な思考が空回りする。

とりあえずここから抜け出そうと、私は自分の体に巻き付くオリヴェルの腕を解こうとした。

だがどんなに力を込めても、その腕は引き離せない。

頑張って一頻り暴れたが、まったく腕は動かなかった。

根性のない私は諦めた。もはやこの竜が目覚めるまで、このままでいるしかないようだ。

ここは起こすしかないと、私はオリヴェルに声をかける。

「オリヴェル、起きて」

「…………ぐう」

——いや、なんとなく寝息がわざとらしい気がする。

絶対に起きてないか、コイツ。竜のくせに狸寝入《たぬきねい》りするんじゃない。

私は手を伸ばし、両手で彼の頬を包み込む。

——それから思い切り、その両頬を指先で引っ張り上げた。

「痛っ！」

「ほら！　やっぱり起きてるんじゃないの！」

「他に起こし方はないのか！　この暴力女……！」

「寝たふりをしていれば、お目覚めのキスでもしてもらえると思ったの？　甘いわ……！」

それは百年前のアイリの時のやり取りのようで。私はなんだか笑いが込み上げてきた。

なんだか昨日の夜から、前の関係性に戻っている気がする。

——あの頃はよくこうやって戯れあって口喧嘩をしていたなあ、と笑う。

私の反応が想定とは違っていたらしく、オリヴェルが少し拗《す》ねて唇を尖らせている。

まあ、私の恨みは深いのである。なんせ昨夜は体が動かなくなるまで抱き潰されたのだ。

初心者相手なのだから、いくらなんでももう少し手心を加えてくれてもいいのではなかろうか。つまりはオリヴェルが悪い。

ぶつぶつと私が文句を言えば、「おれだって初めてだ」などととんでもないことを暴露された。

どうやらオリヴェルは、童貞竜であったらしい。

言われてみれば人間不信、人間嫌いの竜である。

さらに純血種の同族は滅びて、いまや最後の一匹だ。

これまで誰かと触れ合う機会などなかったことくらい、考えればすぐにわかるのに。

私はもう一度彼の頬を、両手で包み込む。

また抓《つね》られるのかと、オリヴェルが若干怯えたふりをするのがおかしい。

本当はドラゴンなんだから、どんなに私が強く抓っても大して痛くはないくせに。

私はそのままオリヴェルに顔を近づけると、その形の良い薄い唇に己の唇を重ね合わせて、わざとらしくちゅっと音を立ててから離した。

恋人ができたらやってみたかった、可愛らしいお目覚めのキスというやつだ。

恋人がいない期間がこれまでの人生全てという可哀想な私も、ちゃんとそれなりに恋というものに対する妄想を滾《たぎ》らせていたのである。

初めての恋人との夜だって、理想としていた形が色々とあったのだが。

そこは少々、いや多大に爛れたものになってしまったので、これくらいの可愛い恋人仕草は許してほしい。

するとオリヴェルの白い顔が、じわじわと赤くなっていく。とても可愛い。

「おはよう。オリヴェル」

私が笑って挨拶すれば、顔を真っ赤にして口元を手で押さえたままのオリヴェルが「……おはよう」

と小さな声で返してくれた。

さてそれじゃあ起きて、魔王討伐の準備でもしようと私が思ったところで。

視界がひっくり返った。目の前に広がるのは、私が何度も仕事で埃《ほこり》を叩いた見事なドレープの天蓋だ。

どうやら私はまた、オリヴェルに押し倒されてしまったらしい。

いや、流石にこれ以上は無理だ。身の危険を感じる。腹上死はしたくない。

「オリヴェル。どいてちょうだい。そろそろ起きなくちゃ」

私は優しく言ってやるが、彼はどいてくれない。それどころかその手がまた私の肌の上で不埒《ふらち》な動きを見せた。

「…………」

「痛っ……！」

私は一つため息を吐くと、目の前に結界を張ってオリヴェルを弾き飛ばす。

これは私が唯一できる攻撃魔法と言っていい。

結界だけはオリヴェルにだって負けないのだ。なんせ腐っても聖女なので。

なかなか良い音を立てて寝台の下に落ちたオリヴェルを、上から見下ろす。

もちろん彼も私も全裸で、彼に至っては大事なところが丸見えである。

よくあんなものが入ったな、などと少々感慨深く眺め、これ以上は無理だと分かっていながらも下腹が少々疼いてしまった私は、聖女じゃなくて痴女《ちじょ》かもしれない。

「人の話を聞けっていつも言ってるでしょ」

オリヴェルは拗ねたように少しだけ唇を尖らせていた。その姿は可愛いが。

私はまだ老衰による大往生を諦めてはいない。悪いがこんなところで腹上死するわけにはいかないのだ。

回復魔法のおかげで滑らかに動くようになった手足をグッと伸ばし、身体中に血を巡らせる。

オリヴェルの腕の中は居心地がいいが、やはり少し窮屈でもある。

それから私は寝台を降りて、そこら中に飛び散っている下着や服を拾い集めた。

だがそれらの衣装は昨日の魔物との戦闘から、オリヴェルとのイチャイチャに至るまでずっと身につけていたせいでかなり汚れており、これに再び袖を通すのは、かなり抵抗がある。

だからといってこのまま全裸でいるわけにもいかず、私は困ってしまった。

するとそんな私の葛藤に気づいたのか、オリヴェルがぶつぶつ文句を言いながらも立ち上がり、クローゼットへ向かうと、その中から白いシャツを取り出して私に渡してくれる。

オリヴェルの身長は高い。おそらく私より頭二つ分くらい大きい。

よって私が彼のシャツを羽織ると、もれなく膝丈くらいのワンピースに早変わりするのだ。

これまた恋人ができたらやってみたかった、彼シャツというやつではなかろうか。ちょっと嬉しい。

随分と余る袖口に思わず私がニヤニヤ笑っていると、オリヴェルに不思議そうな顔をされてしまった。

多分この世界に、彼シャツという文化はないのだろう。

そんな彼もまた、新しいガウンを取り出して身に纏う。

それはいつもの姿なのだが、その中身を知ってしまったからか、妙に色っぽく感じる。

合わせから覗く逞《たくま》しい胸筋が目に眩しくて、私は思わず目を不自然に逸らしてしまった。

昨夜オリヴェルは、私に『妻になってくれ』と言ってくれた。

それはつまり、私とオリヴェルが結婚するということで。想像すると胸の奥が温かいもので溢れる。

私は初めて、家族を作れるのかもしれない。

まあ、それはともかくとして。何はともあれまずは魔王討伐だ。

今の私は、魔王討伐にだって前向きな気分である。

なんせオリヴェルとの幸せな未来のため、世界に滅びてもらっては困るのだ。

その時、オリヴェルが寝台の横にある脇机の上に置かれたベルを鳴らした。

私がここにいるのに、なぜわざわざ使用人を呼ぶベルを鳴らすのか、と疑問に思ったところで。

「お呼びでしょうか。旦那様」

するとしばらくしてアーヴァさんの声が聞こえてきて、私の頭は真っ白になった。

そういえば私は侍女《メイド》の分際で、屋敷の主人と懇《ねんご》ろな関係になってしまったのだった。

どの面下げて彼女の前に立てば良いのか分からず、私が慌てふためいているのというのに、オリヴェルはあっさり「入れ」とアーヴァさんに入室の許可を出してしまった。

「ちょっとオリヴェル……！」

容赦無くアーヴァさんが部屋に入ってくる。そしてオリヴェルのシャツ姿の私を見てわずかに目を見開いた。

だがそこは職歴五十年のベテランであり我が女神であるアーヴァさんである。一瞬で大体のことを把握したのか、にっこりと笑って私たちに頭を下げた。

「トゥーリの服を用意してくれ。できればお仕着せ以外のものを。それと、おれはトゥーリと結婚することにした」

ついでにとんでもない爆弾を投下しないでほしい。

流石のアーヴァさんも、目をまんまるにして驚いているではないか。

「できるだけ早く、婚礼をしたい。その準備をしてほしい」

一体何がどうしてそんなことを言い出したのか。

いや、結婚するのはやぶさかではないが、あまりにも急展開が過ぎる。

まあ、正直言って昨日からずっと急展開なのだけれど。

その命令を受けたアーヴァさんは、満面の笑みで「お任せください！」と言って張り切って出て行った。

「……オリヴェル。まずは魔王討伐に行かなくちゃでしょう？　結婚はその後でも……」

「いや、魔王討伐に行く前に、おれはトゥーリと結婚する」

「なんで？　あまりにも急じゃない？」

「だってかつてのお前の世界では、戦いの前に戦いが終わった後の未来の話をするのは『しぼうふらぐ』といって不吉なのだろう？　だから後回しにしたくない」

「死亡フラグ……！」

あまりにも懐かしい響きに、私は思わず吹き出してしまった。

ああ、そう言えば遠い昔、魔王討伐の前夜、彼とそんな話をした記憶がある。

プロポーズをしてきたヨアキムに、魔王討伐が終わったら考える、と返事をしたのだと。

その理由を私は『死亡フラグ』だからと言ったのだ。

「……そんなこと、よく覚えてたね。オリヴェル」

「……お前との会話は、何もかも全て覚えている」

愛が重い。けれどもその重さがいい。彼だけは私を裏切らないと、そう確信できるから。

振り返ってみると。当時の私はヨアキムに対し、どこか不信感を持っていたように思う。

だからこそきっと彼からの求婚に対し、明確な返事を避けたのではないだろうか。

だってオリヴェルからの求婚なら、私は迷いなくすぐに『イエス』と言うだろうから。

――そこまで考えて、私はとある事に気付いた。

「……できるだけ早くにトゥーリと結婚して、それから魔王討伐に行く」

「……そういえば私、オリヴェルと結婚することに同意したっけ?」

求婚された時、嬉しくて思わず笑ってしまったけれど、明確に『イエス』とは言っていなかった気がする。

するとオリヴェルが、ギギっと錆《さ》びた音がしそうな感じで、首をこちらへ向けた。

何やら怯えた顔をしている。まさか今更私が彼の求婚を断るとでも思っているのだろうか。

私は彼を安心させるために、微笑んで手を差し伸べる。

「ねえ、お願い。もう一回言って」

するとオリヴェルは物凄《ものすご》い勢いで私の前に跪《ひざまず》き、私の手を取った。

かつての自尊心の高かった竜《オリヴェル》が、嘘《うそ》のように従順に。

「――愛してる。トゥーリ、おれと結婚してくれ」

一度認めてしまった感情は、溢《こぼ》してしまった愛の言葉は、すんなりと抵抗なく彼の口から出てくるようになったらしい。

だから私は彼の体に思い切り抱きついて、言ってやった。

「はい！　喜んで……！」

そしてまた口づけを交わそうとした、その時。

バァンッ！　と勢いよくオリヴェルの部屋の扉が開いた。

「ちょっと！　ひどくないですか！　ぼくたちを置いていくなんて……！　ここまで帰ってくるの、めちゃくちゃ大変だったんですけど……！」

「魔物たちのせいで乗ってきた馬が逃げちゃって、近くの町までなんとかたどり着いたら、みんなとっくに避難した後で誰もいなくて、結局また私がエリアス様を背負ってここまで走ってくるはめになったんですよ……！」

怒り心頭、といった様子でノックもせずに部屋に入ってきたのは、勇者であるエリアス殿下と、剣士な伯爵令嬢のミラ嬢であった。そういえば存在自体を忘れていた。申し訳ない。

それにしてもミラ嬢は流石の力持ちだね。そしてエリアス殿下はむしろ役得な上に随分楽をしたんじゃないかな。

そんな二人はいちゃついている私たちを見て唖然とした顔をして、それから顔を真っ赤にした。

確かに素肌にガウン姿のオリヴェルと、素肌に男性のシャツ一枚姿の私が抱き合って、今にも口づけをかましそうな状況である。

お子ちゃま二人には、刺激が強すぎたかもしれない。

そしてイチャイチャを邪魔されたオリヴェルの殺気が凄い。子供相手に大人気ないからやめなさい。

「大変失礼致しました……！　でもひどいですぅぅぅ……！」

そう叫んで二人は慌てて部屋の外へ出て行った。

一緒にオリヴェルの加勢をしてくれたというのに、申し訳ないことをしてしまった。後で謝っておこうと思う。

良い雰囲気は吹き飛んでしまったが、それでもイチャつきを諦めたくなかったらしいオリヴェルが、私の腰を再び引き寄せる。

そしてまた互いの唇が近づいたところで。

「——旦那様！　トゥーリさん……ではなくて奥様の御衣装《ごいしょう》をお持ちしましたぁ！」

というアーヴァさんの明るくとっても楽しそうな声が、扉の向こうから聞こえてきた。流石にこれは無視できない。

「…………！」

「あはははっ……！」

その時のオリヴェルのなんとも言えない表情に、私は思わず吹き出して笑い転げてしまい、結局キスはお預けになってしまった。

第五章　竜の結婚

その後シュルヤヴァーラ侯爵領では、急ピッチで領主であるオリヴェルの婚礼の準備と、勇者一行の魔王討伐の準備が進められた。

なんだか天国と地獄みたいな組み合わせである。欲張りセットにも程があるだろう。

おかげで朝から晩までオリヴェルも私も使用人たちもずっと働き詰めで、そのうち誰かが過労死してしまうのではないかと、思わず心配になってしまうほどだった。

もともと必要最低限の人員で回してきた屋敷である。変則的《イレギュラー》な事態には非常に弱い。

そして私は『平民出身の下級侍女』から『貴族の奥様』にジョブチェンジした。成り上がりにも程がある。

まだ婚姻前であり正しくは婚約者なのだが、どうせすぐ結婚するのだからと、同僚からは『奥様』と呼ばれ、敬語で話しかけられるようになってしまった。正直なところ、なんとも居心地が悪い。

これまで通りでいいと言ったのだが、それでは示しがつかないとアーヴァさんに怒られてしまった。

「『聖女様』であり、『奥様』であらせられるのですから、堂々となさってください」

「アーヴァさん……」

「アーヴァ、とお呼び捨てください。奥様。あなたはシュルヤヴァーラ侯爵家の女主人となられるのですよ」

「はいぃ……」

アーヴァさんはただの侍女だった頃よりも、私に厳しくなった。

自身の忙しい仕事のかたわら、なんとか私を一端《いっぱし》の貴族の女主人にしようと、必要な知識や技能を詰め込んでくれるのだ。ビシビシと。

どうせオリヴェルは引《ひ》き篭《こ》もり竜なのだから、社交の場に出る機会もそうないだろうと思うのだが。

「奥様がこの屋敷に来てから、旦那様が本当に元気になられて。本当に感謝してるんです」

どうやら私は更なる期待をされているようだ。これからオリヴェルが、私のためにもっと外に出てくるのではないかと。

この屋敷で誰よりも引き篭もりオリヴェルのことを考え、大切にしてくれたひと。

この屋敷で誰よりも私たちの結婚を喜び、手を尽くそうとしてくれる優しいひと。

「……アーヴァさん。大好き」

「ですからお呼び捨てくださいと」

ピシャリと言われつつ、私はへらりと笑う。困った顔をしながらも、彼女の表情は優しい。

本当にアーヴァさんには感謝しかない。やはり我が女神である。

ぜひ彼女の期待に応えねばと、私なりに日々真面目に頑張っている。

部屋もこれまで使っていた使用人用のものから、オリヴェルの私室に最も近い貴賓室へと移動した。

オリヴェルが結婚するなど誰もが想定外であったようで、シュルヤヴァーラ侯爵邸には女主人のための部屋がそもそも存在しなかった。さもありなんである。

よって貴賓室をあてがわれたのだが、結局私はその部屋をほとんど使えていない。

なぜなら仕事が終わるとすぐにオリヴェルに捕まって、彼の部屋に連れ込まれるからである。

そこで共に食事をして入浴して寝台に引き摺り込まれて身体を貪られる。

私の体は、彼から与えられる快楽にすっかり慣らされてしまった。ドラゴン本当に怖い。

ただオリヴェルも加減を覚えてくれたらしく、初回のように気絶するまで揺さぶられる、ということはなくなった。

あの濃厚な触れ合いが毎日では流石に死んでしまうと、懇々と説教したのが効いたらしい。

オリヴェルは若干物足りなさそうであるが、人間と竜、さらには男と女の体力は根底から違うのである。そこのところは理解してもらいたい。

アーヴァさん主導で今更ながら屋敷内に女主人の部屋を造ろう、という話も持ち上がっているらしいが、正直無駄になるだけではないかと私は思っている。

なんせオリヴェルは離れていた百年の時間を埋めるように、仕事や用がある時以外ずっと私にべったりと貼り付いているのだ。いちいち部屋を分ける意味はないだろう。

そうしてそんな忙《せわ》しない日々の末に、なんとか私はオリヴェルとの婚礼の日を迎えることができた。

「奥様、お美しいです……！」

「トゥーリ様、お綺麗です！」

ミラ嬢とアーヴァさんが口々に私の婚礼衣装姿を見て、褒め称えてくれる。

正直私よりも彼女たちの方がよっぽど美しい容姿をしているのだが、その言葉に嘘は感じられない。

「ありがとう」

「……本当は一からオーダーメイドで作りたかったんですけれどね」

アーヴァさんが少しだけ悔しそうに言った。

結婚式も魔王討伐も十日間で全ての準備を終わらせろ、というオリヴェルの無茶《むちゃ》振りに、流石に注文で一から婚礼衣装を作ることはできず、既製品の婚礼衣装に少し手を加えることくらいが精一杯だったらしい。

私の身長や体重、胸のサイズに至るまで、その全てがほぼこの世界の女性の平均値であったため、既製品であっても軽いお直しだけで済むことも幸いした。

もちろん既製品と言っても、貴族を客とする高級ブティックの商品であり、全てが一級品だ。

元々平民の孤児である私からすれば、十分すぎる待遇だ。

むしろ慣れない絹の滑らかな肌触りに、なんだか落ち着かないくらいである。

さらには裾や袖などに後から付け足された細やかなレースも全て絹糸で、一流の職人による手編みの品らしく、粗忽《そこつ》な私はどこかに引っ掛けやしないかと、気が気ではない。

私は前世も今世も生まれはド庶民であった。よって貴族の奥様の生活様式には、いまだに慣れない。

ついこれまでのように、気楽な侍女のお仕着せで過ごしたいとさえ思ってしまう。

美しい豪華な衣装とは、たまに着るから良いのである。毎日はしんどい。

今ならば毎日着慣れたガウンで過ごしていた、オリヴェルの気持ちが良くわかる。

これまで馬鹿にしてて、ごめんねオリヴェル。

アーヴァさんが私に、大きな金剛石《ダイヤモンド》があしらわれた首飾りや耳飾りをつけてくれる。

重さすら感じるこれらの値段は、考えてはいけない。

そして最後にベールを私の頭に被《かぶ》せ、その上から白薔薇でできた花冠を飾ってくれた。

「本当に花の妖精のようです！」

ミラ嬢は目をキラキラと輝かせる。

きっと自分とエリアス殿下の未来の婚礼を想像しているのだろう。とても可愛い。

ちなみに彼女からは、あの後、私への言動について深く謝罪された。

エリアス殿下から叱られ、窘められ、己の傲慢さに気付いたのだと言う。

私はその謝罪を受け入れた。私自身、潔癖な彼女を煽るような言葉を選んで言ってしまった自覚があったからだ。

ミラ嬢のからりとした性格もあって、今では女友達のように、姉妹のように過ごしている。

「私もトゥーリ様のように、幸せな花嫁になりたいです」

魔王討伐を終えて、平和になったら。ぜひ私も彼らの婚礼に参列させてもらいたいと思う。

ちょっと某フラグが立ってしまった気がしないでもないが、日本とはそもそもの文化が違うから、多分大丈夫だろう。

ミラ嬢にも、どうか幸せになってほしいと願う。できれば彼女が大好きなエリアス殿下と。

「さて、行きましょうか、奥様。オリヴェル様がお待ちですよ」

アーヴァさんに案内されて、私はオリヴェルの元へと向かう。

この世界の婚礼衣装は、かつて日本で見たウェディングドレスに似ているが、引きずるトレーンとヴェールの長さは比べ物にならない。

早くオリヴェルに会いたい。この姿を見せたい、という逸る気持ちを必死に堪えて、私は転ばないよう、慎重にゆっくりと歩く。

そしてシュルヤヴァーラ侯爵邸に併設された、聖堂の中へと進む。

オリヴェルほどの大貴族であれば、本来王都の大聖堂などで大々的に婚礼をあげることが普通なのだろう。

だが私にもオリヴェル自身にも披露するような親族がおらず、わざわざ盛大にする必要はない、という結論に至った。

ただけじめとして、二人で愛を誓い合いたいだけだ。

大好きなこの屋敷の使用人たちと、エリアス殿下とミラ嬢が参列してくれれば十分なのである。

魔王討伐から無事に戻ったら、生まれ育った町に、オリヴェルと一緒に友達に会いに行けたら良いな、とは思っている。

小さな聖堂の中の、小さな祭壇の前で、正装に身を包んだオリヴェルが待っていた。

どうしよう、めちゃくちゃに格好良い。

もともと美しい姿をしているのだが、普段のラフな姿とは違い、しっかりと纏められた髪が、きっちりとした衣装が、どこか禁欲的で。

私は思わず魂が抜けてしまったかのように見惚れてしまった。

オリヴェルにしては珍しく、緊張した面持ちをしている。彼にも緊張することがあるのだな、などと思う。

そしてやってきた私に気づくと、その黄金の目を見開いて、それから眩しげに目を細めた。

何も言わずとも、彼が喜んでくれていることはわかる。

彼が差し出した手に、己の手を重ねる。なんだか涙が出そうだ。

「……トゥーリ。本当に、綺麗だ」

「……オリヴェルもすごく格好良いよ」

そして私たちは互いに微笑みあって祭壇に向かい、大して信じてもいない神の前で、永遠の愛を誓い合った。

その後は結婚の祝いと、魔王討伐の壮行会を兼ねて、シュルヤヴァーラ侯爵邸でパーティーが開かれた。

シュルヤヴァーラはかつて、この国から見捨てられた土地だった。

今でこそ急激に発展したものの、周辺の領地の貴族たちとも特に親交がない。

だからパーティーとはいっても、参加しているのは屋敷によく出入りする領民や使用人たち、そして勇者であるエリアス殿下と剣士のミラ嬢くらいである。

エリアス殿下は儀礼服をきて、これぞおとぎ話に出てくる王子様といった風情だ。

彼に寄り添うミラ嬢も、ふんわりとした緑色のドレスを身に纏っていて、なんとも愛らしい。

この細い腕で何故あの大剣を振り回しているのか、本当に心底謎である。

そして王都から何故か、エリアス殿下の兄君である第一王子のマルクス殿下がいらっしゃっていた。

一応オリヴェルから王家に対し、シュルヤヴァーラにエリアス殿下が無事到着したこと、および自分が結婚することを伝書用の使い魔を飛ばして連絡していたらしい。

それを受けて急遽《きゅうきょ》王家からオリヴェルの結婚の祝いと、そして魔王討伐の激励のための使者として、マルクス殿下が遣わされてきたということだ。

彼は十人ほどの騎士を引き連れて、国王陛下からの様々な結婚祝いの品と共に、オリヴェル宛の魔王討伐の勅令書を携えていた。

かつて前世でも、勇者一行が与えられたやつだ。

どうやら今回の魔王討伐を、国王陛下から臣下であるオリヴェルへの命令という形にしたいらしい。

魔王討伐により、国王はオリヴェルがさらに力をつけることを警戒しているのだろう。

勅令書を渡されたオリヴェルは、マルクス殿下の手前一応はそれに目を通したが、すぐに執事にそれを渡してそそくさと私のところへ戻ってきた。おそらく心底どうでも良いのだろう。

そもそも彼は竜なので、人間たちの社会通念などまるで興味がない。

私は一応人間なので、マルクス殿下に最近覚えた淑女の礼で挨拶をした。

「初めまして。あなたが最後の竜の奥方か」

マルクス殿下はエリアス殿下と母親が違うのだという。だがやはりヨアキムの面影があった。

むしろエリアス殿下よりも、ヨアキムに似ているかもしれない。

亜麻色の髪も、緑の目も、顔立ちも、彼を彷彿《ほうふつ》とさせる。

そのせいで私は、なんとなく彼を警戒してしまう。彼の私を見る目が、若干冷たい気がするのだ。

人当たりはいいし、穏やかに微笑んでいるのに、目が笑っておらず、どこか値踏みをされているような、居心地の悪さがある。

勝手に先入観でその人を決めつけることも、先祖のやったことを子孫に重ね合わせてしまうことも、よくないことだと分かっているのだが。

ヨアキムに似ているというだけで警戒心が拭えない。私の心的外傷《トラウマ》は随分と根深いもののようだ。

マルクス殿下はパーティーの間中、エリアス殿下やミラ嬢とじゃれあっていた。

兄弟仲は良いようで、私は少し安堵する。

王家というと継承権争いで血で血を洗う戦いなんてイメージを、つい持ってしまうから。

「お前は我が王家の誇りだ。精一杯励め」

そして勇者であるエリアス殿下に対し、マルクス殿下はそう言って優しく励ました。

「はい！　必ずや魔王を討ち倒してみせます……！」

大好きな兄に激励されたエリアス殿下は目を輝かせ、その期待に応えんと堂々と宣言してみせた。

それは実に微笑ましくも温かな家族の一幕だった。私は先ほどまでの嫌な予感を振り払う。

あんなに優しい兄なのだから、勝手な思い込みをしてはならないだろう。

「……素敵な兄君ですね」

無難なことをエリアス殿下に言えば、彼は照れたように笑った。

「うん。マルクス兄上とは異母兄弟なんだけど、子供の頃から可愛がっていただいて……」

何でもマルクス殿下は王妃様の嫡子である第一王子らしいが、エリアス殿下の母君はその美しさから国王に寵愛された身分の低い元女官であるらしい。

エリアス殿下のキラキラした見た目は、国王陛下を虜《とりこ》にした母上譲りであるようだ。

国王の子供たちの中でも最も立場の弱いエリアス殿下を、マルクス殿下は同母の兄弟のように可愛がってくれたのだという。

「……魔王討伐へ行く前に、最後に兄上に会えて良かった」

そう、明日から私たちは、魔王の元へと向かうのだ。生きて帰れるかわからぬ、戦場へと。

結婚式の次の日に魔王討伐って、今世も私はなかなかに濃い人生を送っているなと思う。

今ここで私を祝ってくれている人たちも、もちろんそのことを知っている。

だからこのパーティーは、喜びと不安が混ざり合った、不思議な空間となっていた。

参加している皆が、どこか空元気ではしゃいでいるというか。

魔王を倒せる確証はない。全員が無事に帰ってくる確証も、もちろんない。

先日魔王軍の主戦力を大分叩いたとはいえ、魔王の元にはまだ魔物たちが数多くいるであろうし、魔王自体もどれくらいの力を取り戻したか、未知数なのである。

考え出すと胃が痛くなりそうだ。なんせ私は本来とても臆病な人間なのである
かつて魔王討伐前夜に、まだ若かった……といっても八十九歳だったオリヴェルに、怖いよー！　死にたくないよー！　と泣いて縋りついたくらいには。

そういえば前世を知らない状態でも、『心配性が過ぎる』とオリヴェルに呆れられていたなあと思い出す。

これはもう生来のもので、きっとどうにもならないのだろう。

それでも私は極力明日のことを考えないようにして、パーティーの間中、オリヴェルの隣で幸せそうに笑って過ごした。

たとえ何の憂いもないという状況ではなくとも。

間違いなく私は今、愛する竜と結ばれた、幸せな人間なのだから。

夜の帷《とばり》が降りて、やがてパーティーは終わり、皆が愛する家族のもとへと帰っていく。

私もまたいつものように、オリヴェルの部屋にいた。

いわゆる新婚初夜である。すでに毎日同じ寝台で寝ていることを考えると、若干の今更感が漂うが。

私はいつもよりも丹念に肌を磨き、薔薇の香りのする香油を薄く塗る。

貴族の奥様になったのだから、本来なら着替えから入浴まで、全て侍女に介助してもらうのが普通

であるらしい。

けれども私は元々平民なので、一人では着ることのできないドレスなどの着替えならともかく、入浴介助にはどうしても抵抗があり、渋るアーヴァさんを説得して一人で入っている。

そうすると今度はさも当然のような顔で、変態蜥蜴《オリヴェル》が浴室に乱入してくるのが悩みだが。

入浴を終えて長椅子に座り、被るだけのネグリジェを身につけると、ぼうっとする頭でオリヴェルがやってくるのを待つ。

だがこのところ婚礼の準備や魔王討伐の準備等で疲れ果てていたらしく、そのままうっかり寝落ちしてしまった。

よくこの長椅子でオリヴェルが寝落ちしている理由がわかった。素晴らしい寝心地であった。

しばらくして、ゆらゆらと体が揺れていることで私は目を覚ました。

どうやら私は今、オリヴェルの腕の中にいるらしい。

長椅子で寝ていた私を起こさないよう、寝台へ運んでくれているようだ。

その手はまるで壊れやすい宝物を運ぶかのように、とても優しい。

オリヴェルがそっと私を寝台に下ろしてくれる。そしてその場から離れようとするので、私は素早く手を伸ばし彼の首に腕を絡めると、不安定な状態の彼に体重をかけて自分の方へ引き寄せ、その唇を奪った。

いつもの柔らかで温かな感触を堪能する。それから私から舌を彼の口腔内に忍ばせ、彼の内側を探る。

「んんっ……！」

呼吸が苦しかったのか、オリヴェルの口から悩ましげな呻《うめ》き声《ごえ》が漏れた。それに少し気をよくした私だが、すぐにオリヴェルの舌が私の舌を絡め取ってしまった。

「むうっ！　んんんんっ……！」

しまった、奴の舌は私より遥かに長くて器用なのだった。今度は私が無様な呻き声を漏らす番であった。

ちろちろと喉の奥までくすぐられて、背筋に痺れが走り、私は無意識のうちに太ももの内側に力を込めてしまう。

オリヴェルの手がその太ももに回され、薄絹のネグリジェをたくし上げながら、私の肌を辿《たど》っていく。まるで輪のようになったネグリジェが胸元まで届いたところで、ようやくオリヴェルが唇を解放してくれる。私と彼の唾液に塗れてつやつやとした彼の唇が、酷くいやらしい。

「おれの番は悪戯好きだな」

確かに仕掛けたのは私だが、散々やり返されたので、どちらかといえばオリヴェルの方が酷いと思うのだが。

「に、人間は番なんて言いません」

「……おれの妻は悪い子だな」

オリヴェルに妻と呼ばれて、胸がキュンとしてしまった。『妻』って良い響きですね。

そのままネグリジェを首から抜き取られ、下着類も脱がされ、私はあっという間に生まれたままの姿にされていた。

オリヴェルも着ていたガウンを脱ぎ捨てる。ちなみに最初から奴は下着を穿《は》いていなかった。まあ、すぐに脱ぐなら最初から着なくてていいかとでも思ったのだろう。彼は面倒臭がりだから。

そんなオリヴェルが私のために、たくさんの面倒なことをしてくれることが嬉しい。

ちなみにそっと下に視線を落とせば、もちろん彼のものはしっかり凶悪な臨戦態勢だ。これが私の中に入ることを考えると、いつも不思議な気持ちになる。

だが最初の頃のような恐怖はない。オリヴェルだけは絶対に、私を傷つけないと知っているからだ。

まあうっかり快楽に溺れて死にそうになることはあるけれど。ドラゴンセックス怖い。

オリヴェルの手が私の乳房を包み込み、やわやわと揉《も》み上げる。それだけで私の胸の頂がツンとした痛みと共に硬く勃ち上がるのがわかる。

まるでオリヴェルに触ってとアピールするみたいに。

それに気づいたオリヴェルが、色を濃くした円の縁を指の腹でそっと撫でて、私の腰から力がぬけてしまう。先端を摘まれれば掻痒《そうよう》感を満たされたような快感が私を襲う。

赤みを増しさらに硬くなったその場所を、優しく摩られたり意地悪に押しつぶされたりしているうちに、ガクガクと小さく腰が震えだす。

脚の間がじんわりと濡れていることは、わかっていた。何が欲しいかも、わかっていた。

下腹の奥がきゅうきゅうと、オリヴェルを求めて締めつけられるように疼く。

「オリヴェル……！」

そこに刺激が欲しくて、私は思わず縋るように彼の名を呼ぶ。するとオリヴェルは嬉しそうに笑う。

そして私の脚を手で大きく開かせると、ペロリとその長い舌で舌舐めずりをした。そこがしどどに濡れそぼっているのが見えるからだろう。奴の夜目《ナイトビジョン》は高性能なのだ。なんせ竜だから。

これからされるであろうことを想像して、また私の腰にぞくぞくと甘い痺れが走る。

オリヴェルは私の脚の付け根に顔を埋めると、指先でそこにある割れ目の襞《ひだ》を押し開き、その内側を露出させた。

「ひゃっ……」

普段あんまり外気に触れないそこにオリヴェルの呼気を感じて、それだけで私は快感を得てしまう。

「……相変わらず感じやすいな」

「悪かったわね。あんたが触るからよ。んんっ……」

するとオリヴェルは小さく笑った。そんなところで笑わないでほしい。言う通り感じてしまうから。

「そんな可愛いことを言われると、余計に触りたくなるな」

そして嗜虐的ににやりと微笑むオリヴェル。今私、墓穴を掘って地雷を踏んだような気がする。

「ああっ……！」

尖ったオリヴェルの舌先が、私が一番感じてしまう、剥《む》き出しになった小さな神経の塊を突っついた。

思わず腰をくねらせ、太ももでオリヴェルの頭を挟みこんでしまうが、彼はそれをもろともせず、今度はその突起を根元からねっとりと舐め上げた。

「んっ……！」

わかりやすい強烈な快感に、私はまた腰を跳ね上げる。オリヴェルはそのまま私の陰核を執拗に愛で続け、最後に唇で強めにちゅっと吸い上げられたところで、私はあっさり絶頂に達してしまった。

「あ……っ！」

オリヴェルのサラサラの髪を両手で掴《つか》んで、私はガクガクと全身を大きく跳ね上げながら襲いかかる快楽に耐える。

むず痒《がゆ》いような独特の感覚が体の隅々まで回って、ようやくその波が落ち着いたところで、オリヴェルの舌が未だ脈動を繰り返す私の中へ入り込んできた。

「もういい、もういいから……！」

これだけ濡れていればもう入る。絶対に入るから、これ以上いじめないでほしい。おかしくなってしまう。

「慣らさないとダメなんだろう？　だったらしっかり慣らさないとな」

だがもちろんそんな私の懇願を、オリヴェルが聞いてくれるわけもなく。

オリヴェルの舌は、器用に私の中のダメな場所を的確に暴いていく。

「やあああ……！」

爪が鋭いから指では傷つけそうで怖いと、オリヴェルは私の中を愛撫《あいぶ》する時、必ず舌を使う。

気持ちはありがたい。その気持ちはありがたいのだが、彼の舌は非常にえげつないのである。

ぜひ蜥蜴の舌を思い出してほしい。小さな素早い虫さえもあっさり捕まえるあれを。

そんな器用にも程がある蜥蜴の舌が、自分の中で暴れ回るのを想像してほしい。つまりは。

前世で言うところのGスポットだのポルチオだのという繊細な場所を、散々弄ばれるのだ。

しかもしっかり外のクリトリスまで使っていない指の腹で刺激するという、これまた欲張りパックだ。

するとどんな恐ろしい状態になってしまうかというと。

「ひいっ！　やあああ！　もうだめ……！」

「これ以上は無理なのぉ、ひあ、あああ……！」

「おかしくなっちゃうから、ああ、やだぁっ……！」

つまりは連続絶頂。体中の全ての穴から汗やら涙やら鼻水やら涎《よだれ》やら愛液やらの液体を漏らすような、もはや人の言葉を喋《しゃべ》れなくなってしまうような、男性向けのエロに近い状況に私は追い込まれてしまうのである。

ドラゴンセックス本当に怖い。帰ってきて私の尊厳。

半ば意識を失いかけたところで、ようやく慌ててオリヴェルが私の中から舌を抜いてくれた。

こうなる前に、もっと早く抜いてくれてもいいのだが。

まあ、おかげで鬱々と考え込んでいた明日の魔王討伐のことが、頭からすっぽ抜けた。むしろ頭がダメになってしまった。

オリヴェルは私の出したものでドロドロになった口周りを、拳で拭って笑った。

本当にすみません。でも悪いのはあなたです。

「……ああ、孕《はら》ませたいな。ここに、おれの仔を宿らせたい」

それからオリヴェルはそう言って、私の下腹をそっと撫でた。

それはもしかしたら魔王討伐という命の危険を目の前に、己の遺伝子を残したいという、繁殖欲のようなものなのかもしれない。

「……私って、オリヴェルの子を産めるの？」

散々与えられた快楽でぼうっとしている頭のせいにして、私は純粋な疑問を口にする。

これまでも本当は聞きたかったけれど、聞けなかったことだ。

生殖のことは、やっぱりそう簡単には口には出せない、とても繊細な話だから。

正直私は彼の子供を産めるとは思っていなかったので、もし魔王討伐を無事に生き残れたら、その後の人生はオリヴェルとふたりでのんびり生きていくのかなあ、と思っていたのだけれど。

彼が望むように、人間と竜という違う種族で、子供を作るなんてできるのだろうか。

「ああ、もちろん。そもそもこの世界にいる人間のほぼすべてが、竜の血を引いているからな」

「…………え？」

待って、そんな話、前世今世合わせても一度も聞いていない。

なんとこの世界では、竜との混血ではない人間の方が少ないらしい。

これぞ異世界といった真実に、私は目を見開く。

「エリアスや他の魔法使いたちのような魔力の高い者たちとか、ミラのような体格に見合わぬ怪力持ちとかは、そのほとんどが竜の先祖返りであり、竜の血が濃い者たちだ」

「ええ!?　そうなの……!?」

本当に全くもって知らなかった。おそらく貴族では常識だが、庶民は知らない話なのだろう。

「何千年も前、数を減らした竜は、人間に混じって生きることを選んだものと、このまま竜の血統を守って生きていくものの二つに分かれたんだ。人間と共に生きた竜たちの血は、繁殖力の強い人間たちによって世界の隅々まで広がることになった一方で、血を守ることにした竜はそのまま順当に数を減らしていった。そしておれがその血統主義の竜たちが残した、最後の純血種になってしまったというわけだ」

進化しすぎた生物の成れの果てである竜は、元々繁殖力が非常に弱かったらしい。よって繁殖力の強い人間と交じることを拒否した竜は、滅びるべくして滅びた。

最後の純血種である、オリヴェルを残して。

「そうだったの……」

だがもはやオリヴェルしかいない以上、純血の竜が増えることはない。そのことをほんの少し悲しく思う。

「……だったら私、オリヴェルの子供がほしい」

血統を守り続けた竜には、申し訳ない気もするが、私は素直に自分の思いを口にする。

孤児院で年下の子供たちの面倒を見てきたこともあって、私は子供が好きだった。

オリヴェルと結婚する以上、種族の違いから自分の子供は諦めていたけれど。

産めるのならばぜひ産みたい。彼の遺伝子をこの身を以《も》って残したい。

「……竜の血が濃いから、普通の子供とは違うかもしれない。それでも？」

言われるがまま、私はオリヴェルとの子供を想像する。

竜型でも人間型でも絶対に可愛いだろう。うん。愛せる自信しかない。

さらにここは、竜が領主になっても受け入れてくれるような、大らかな場所だ。

ちょっと変わった子供が生まれても、皆が可愛がってくれるだろう。きっと大丈夫だ。

「うん。私、オリヴェルの子供が産みたい」

私が笑ってそう言えば、オリヴェルがくう、と喉を鳴らした。

「……じゃあ、遠慮なく孕ませる」

そしてオリヴェルは未だ濡れたままの私の中に、一気に入り込んできた。

「あああっ……！」

最奥を突かれて、私はまた絶頂して意識を飛ばしかけた。

本当に快感に弱すぎる。どうなってるの私の体。やっぱり聖女じゃなくて痴女なの？

ただ普段どちらかというとねちっこく焦らしてくるオリヴェルが、余裕なく夢中になって腰を打ちつけてくるのは、少し珍しい。

そんなの、初めての時以来かもしれない。

「愛してる。愛してる。愛してるんだ……」

荒々しい呼吸の間に、耳元に流し込まれる愛の言葉に。私の目から涙が溢れてきてしまった。

もし魔王討伐に失敗してしまったら、今夜が二人で過ごす最後の夜になるかもしれないのだ。

そう考えると、また胸が締め付けられた。

明日なんて来なければいいのに。このままずっと、オリヴェルと過ごせたらいいのに。

本当は魔王討伐になんて、行きたくないのに。

——ねえ、どうして私とオリヴェルなの。

「……私も愛してるわ」

嬌声と泣き声の合間に、必死にオリヴェルに伝える。するとオリヴェルが目元を赤くして、私の顔中に口付けを落とした。

「——くっ」

そして一際深く強く私を穿って、私の中奥深くに、その想いを吐き出した。

身体中が、そして心が満たされていくのがわかる。

互いの体を引き寄せて強く抱き合って、そして互いの呼吸を整え合う。

落ち着いたところで笑い合って、体を離すと、寝台に仰向《あおむ》けになって転がる。

ぼうっと天蓋を見ていたら、ふと彼に礼を言いたくなった。

「……オリヴェル。ありがとう」

そうだ、私はずっと彼に感謝を伝えたかったんだ。

生まれ変わって、前世の自分の愚かしさに泣いて。

でもオリヴェルのおかげで、自分を許すことができた。

「ん？　何のことだ？」

「私のことを覚えていてくれて」

「馬鹿か？」

「酷い。この大蜥蜴」

「……忘れるわけがないだろう。他の何を忘れても、お前のことだけは絶対に、死んでも忘れない」

また何だか涙が出てきた。情緒が不安定だ。きっと幸せと不安が交互にやってくるせいだ。

「……ねえ、オリヴェル。ちょっと身の上話をしても良い？」

人の人生など、聞いて楽しいものではないだろうが、夫となった彼に何となく話しておきたくなったのだ。

「聞きたい。話してくれ。お前は昔からあまり自分の話をしなかったから」

夫が優しい。私は腕を伸ばしオリヴェルの手に触れると、そっと指を絡めた。いわゆる恋人繋ぎというやつだ。

私を安心させようとしているのか。彼がぎゅっと握り返してくれることが、嬉しい。

そして私は話し始めた。宮野愛梨としての地球での日々、そして異世界転移してからの日々を。

それから生まれ変わってからのこと。聖女だなんてとても言えない、私の醜い感情を。

「……あのね、トゥーリとして生まれ変わってすぐに、私には愛梨としての記憶もあったの。だから伝い聞いた勇者一行のお話が、事実と全く違うことにも気付いてしまった」

いっそ前世の記憶がなかったら、どれほど良かっただろう。

死んだ後の自分の処遇など、一切知らなければどれほど良かっただろう。

そうしたら私は勇者の魔王討伐のお話を、純粋に楽しむことができたのに。

「……本当の私のことを、誰も覚えていないことが悲しかった。私の存在を、誰も惜しんでくれなかったことが悲しかった。私ったら一体なんのために死んだんだろうって、ちょっと思ってしまうくらいに」

ぎゅうっとオリヴェルが私を引き寄せ抱きしめた。自分がいる、とでも言うように。

「魔王が復活したことを知って、また自分が神に選ばれたことを知って、ふざけるなって思った。また私に戦わせて、私に犠牲を強いるのかって。辛い記憶はあるけれど、せっかく生まれ変わったんだから、今度こそ普通の人間としての幸せを手に入れようって思っていたのに」

オリヴェルの顔が、痛ましげに歪んだ。きっと私をまた魔王討伐に駆り出すことを後悔しているのだろう。

「でもね、やっぱり私、今を生きている人たちを見捨てられなかった。オリヴェルだって、私がこの場にいなくても結局は人間たちを見捨てなかったと思う。きっと神さまは、ちゃっかりそういう『否《ノー》』を言えないタイプを選んでるのよ。性格が悪いわよね」

私がそう言って肩をすくめると、オリヴェルも「そうかもしれない」と言って笑った。

「だけど聖女一人じゃ魔王討伐は無理だから、オリヴェルに協力してもらおうと思って、王都近くの町からここへ移住してきたの。それでオリヴェルと会うためにこの屋敷に侍女として入り込んだのよ」

「そうだったのか」

「そしたらあなた、やたらと不健康な生活を送ってるんだもの。頭にきちゃって」

「なるほど。お前がやたらと口うるさかったわけがわかった」

老衰による大往生を狙っているがゆえに、私は健康には気を遣っているのだ。

「……そんなお前が体を大事にしないおれを見たら、さぞかし腹が立っただろうな」

だから私はこの不摂生ドラゴンを、放っておくことができなかった。

「魔王討伐を終えたら、健康的な生活をしよう」

オリヴェルが真面目な顔でそんなことを言うので、私は思わず笑ってしまった。

「そうね。長生きしなくっちゃ」

オリヴェルが私の髪に愛おしげに触れる。私も何となく手を伸ばして彼の髪を指で梳《くしけず》った。

真っ直ぐな漆黒の髪。かつて自分も同じ色の髪をしていたなぁ、などと思ったところで。

私はあることを思い出した。そう、私はどうしてもオリヴェルに文句を言いたいことがあったのだ。

「そうだ！　オリヴェル！　屋敷の前の公園に飾られている私の彫像！　あれをなんとかしてちょう

だい……！」

「ああ、あれか。なかなかよくできているだろう？　気に入っている」

「むしろよくできすぎてるわ！　おかげで前世の自分の顔をまざまざと思い出しちゃったじゃない」

あの影像を見て、ああ、私こんな顔してたなあってなんてしみじみ思い出してしまった。

別に前世でも自分の顔を嫌いだったわけではないけれど、特別美人なわけでもなかったから。こんなふうに影像にされてしまうとかなり恥ずかしい。

ああいったものは、本人が死んでから作ってほしい、と思ったが、当時の自分がちゃんと死んでいたことを思い出して、何も言えなくなった。

非常識なのはむしろ、生まれ変わってきた私である。

「捨てろとまでは言わないけど、せめてあんな目立つところに置かないでほしい……」

オリヴェルの腹筋が小さくプルプルと震えている。どうやら笑いを堪えているらしい。

「残念ながらあの影像と噴水は、すでに我が領民の憩いの場となっている。諦めろ」

「そう、それよ！　アーヴァさんなんて毎日毎日私の影像まで行って、手を合わせて拝んでるのよ！　その中身がここにいるのに！　なんのご利益もないのに！　本当に居た堪れないったら！」

するとオリヴェルがとうとう堪えられなくなったのか、大きく噴き出してゲラゲラと声をあげて笑った。

私は実に遺憾だと、少しだけ唇を尖らせる。

「アーヴァ、そんなことをしてたのか」

「彫像の前で打ち拉《うひし》がれていたら、アーヴァさんが拾ってくれたの」

「ふうん。ちゃんとご利益があるんじゃないか。トゥーリにもアーヴァにも」

すごいなアイリ、と言ってオリヴェルはまた笑った。

神格化されても困ります。自分はただの利己的な人間なので。

「それにしても、よくもまああんなに詳細に、私の顔を覚えていたわね」

私の言葉に、オリヴェルは少し寂しそうに笑った。

「実はそもそも何かを忘れるという感覚が、竜にはない。人間はすぐに記憶が消えてしまうようだが」

それを聞いた私は、全身が怖気立った。

忘却というのは救いでもある。時間薬という言葉があるように、辛いこともいずれは忘れていくから、人はなんとか生きていけるのだ。

だが忘却という機能自体がないとしたら、絶望は絶望のまま、忘れることなくずっと頭に残り続けるということで。

「人間がやたらと簡単に記憶を失うのは、その短い寿命のせいなのだと、かつてヨアキムが言っていた。おれとは違い、人間は忘れなければ生きていけないのだと」

ヨアキムのことは嫌いだが、その言葉は正しい気がする。私は目を瞑り、オリヴェルを抱き寄せる。

——私が想像していた以上の地獄の中に、彼はいたのだ。

「……私を忘れないでいてくれて、ありがとう」

自分の死をいいように改竄されて、腹立たしく思うこともあったけれど。

それでもオリヴェルを助けられたことだけは、心から誇りに思う。

生まれ変わってからずっと心の中にあった、宮野愛梨の怒りや憤りがすっと消えていくのがわかった。

「……愛してるわ」

そう耳元で囁けば、オリヴェルがくうっと切なげに喉を鳴らした。

私はオリヴェルの唇に、宥めるようにキスをする。するとオリヴェルがまた私を寝台に押し倒した。

え？　もしかして二回戦ですか。それはちょっと厳しい。

「……ちょっと待って、オリヴェル。今日はもうおしまい。だって明日私たち、魔王討伐に行くのよ……！」

よって流石に体力は残しておかなければ、と私が言えば、オリヴェルは困ったように笑った。

「……トゥーリはこのままこの屋敷で待っていてくれないか？　魔王討伐はおれとエリアスとミラで向かう」

「――――は？」

想定外の言葉に、私の頭が真っ白になった。

魔王討伐に聖女を連れて行かない、なんて。なぜそんなことを。

「彼らにはもう伝えてある。トゥーリを連れていく気はないと」

「私は聞いていないわ」

「だから今言っている。トゥーリは守られる側でいたいんだろう？　おれもお前を戦場に連れて行きたくない」

おそらく私の身の上話を聞いて、オリヴェルはその思いをさらに強くしたのだろう。

本当に困ったドラゴンだと私は眉を下げる。

「――いや。私も行く」

「魔王討伐なんて、本当は行きたくないんだろう？　前世の時だって本当はずっと怯えていた。もう無理はしなくていいんだ。全部おれがなんとかするから」

その時の思いを、何と言えば良いのか。

――私に逃げてもいいと言ってくれる、唯一の竜《ひと》。

私の両目から涙がこぼれ落ちた。彼が愛しくてたまらない。――だからこそ。

「悪いけど私、今世はオリヴェルのそばで死ぬって決めているの」

愛梨だった時、一番悲しかったのは、死のその瞬間にひとりぼっちだったことだ。

誰からも見送られることなく。瓦礫に押し潰されながら、私は寂しくて寂しくてたまらなかった。

だからこそ自分の死が勝手に改竄されたことが、悔しくてたまらなかったのだ。

するとそれを聞いたオリヴェルの顔が酷く歪んだ。今にも泣き出しそうなふうに。

「……あのとき、おれに意識があったらよかったのに」

そうしたらきっとオリヴェルは、私を一人にせずに一緒に瓦礫の下敷きになって死んでくれたはずだ。今はそんな確信がある。

だからこそ私は、あの時オリヴェルに意識がなくてよかったと思う。そして彼を救えたことを誇りに思う。

そうしなければ、今こうして再び巡り合うこともなかったのだから。

「ねえ、オリヴェル。私、あんたと離れたくないの。だってどうせ今回の魔王討伐に失敗したら、遅かれ早かれ人間は滅びるわけでしょ」

「……それは、そうだが」

「それなら私はオリヴェルのそばで一緒に戦って、オリヴェルと一緒に死にたい」

ここでただ彼の帰りを待つなんて、ごめんだ。それに私にだってできることがある。

私の神力があれば、オリヴェルの生存率を上げられるはずだ。

今になって私は、生まれて初めて神がくれたこの潤沢な神力に感謝する。

この世界のため、人間のためではなく。私は愛する男のために、この力を使わせてもらう。

「絶対に、一緒に行く」

オリヴェルのためなら死んでもいい、なんて。馬鹿な私は性懲りも無く思ってしまったのだ。

「……わかった。一緒に行こう」

オリヴェルは困ったように、けれども嬉しそうに笑って、私をまた強く抱きしめた。

そして彼の手がまたさわさわと不埒に動き出す。

私は微笑みを浮かべたまま、ピシャリとその手を叩き落とした。

「トゥーリ。せめてもう一回……」

申し訳ないが、オリヴェルの一回は、私にとっては間違いなく一回ではない。下手すれば十回分だ。

「だめ。これ以上は魔王討伐から帰ったらね」

こういうのも死亡フラグになるのかな、なんて思いつつ、私はきっぱり拒否をする。

まあ、少しくらいは魔王討伐後のご褒美的なものがあった方が、やる気が出るかもしれないし。

するとオリヴェルは目に見えてしゅんとする。

大変申し訳ないが人間と竜の体力差を認識してほしい。だってもう瞼が重くて仕方がないのだ。

「……おやすみなさい。オリヴェル」

「おやすみ、トゥーリ。……魔王討伐から帰ったら、覚えておけよ」

なにやら不穏なことを言うオリヴェルの腕の中で、私は目を瞑る。

するとやはり疲れていたのだろう。そのまますぐにこてんと意識を失った。

オリヴェルの腕の中だからだろうか。恐れていたような怖い夢は見なかった。

第六章　本日は魔王討伐日和

「わあ、物凄く良い天気ー！　なんて魔王討伐日和ィ！」

翌日は晴天だった。晴れ渡る空を見上げて、私は若干やけっぱちになりながら気合いを入れる。

魔王の居場所までは、メンバーの体力を少しでも残すため、オリヴェルが竜の姿で運んでくれることになっている。

ちなみに乗るのは背中ではない。なんせ竜の鱗はつるりとしており掴まる場所がないし、鞍《くら》とか手綱とかをオリヴェルに括《くく》り付《つ》けるのは何やら倒錯したものを感じるし、本竜も絶対嫌がるだろう。

つまり獲物よろしく、私たちはオリヴェルの前脚に掴まれて運ばれるのである。

私は久しぶりに、白を基調にした神官服を着た。

公園に飾られている前世の私の彫像が着ているものと、ほとんど同じ形のものだ。

歩くたびに、ふんわりと広がる裾と覗くレースがとても可愛くてお気に入りである。

それにより私が聖女だということを、周囲に知らしめることができるだろう。

勇者と戦士、魔法使いと聖女。かつて世界を救った勇者パーティーと同じ構成だ。

けれども私の心持ちは、前回と全く違う。今回の私は自分の意志でここに立っている。

「オリヴェル様からトゥーリ様は来ないと言われて、正直絶望していました……！」

「よかった……！　本当によかった……！」

そして私の旅装姿を見て、エリアス殿下とミラ嬢は安堵の余り泣きそうになっていた。

オリヴェル、この二人全然納得してなかったんですけど……？　一体どうするつもりだったのよ。

確かに回復＆補助役である聖女がいないと、かなり戦闘がキツくなるだろうし。

「即死以外なら私が何とかするので！　魔王討伐頑張りましょうね！」

などと、はたから聞いたら恐怖しかないことを言いつつ、私は二人を包み込むように抱きしめて激励した。

すると背後からオリヴェルに子猫のように首根っこを掴まれて、引き離された。案外嫉妬深い竜である。

「旦那様、奥様、どうかご無事で……！」

荷物の準備をしてくれていたアーヴァさんも、私とオリヴェルの姿を見て感極まったように泣き出した。

私も思わず泣きそうになって、彼女にも抱きついた。そうしたらまたオリヴェルに首根っこを掴まれて引き離された。なんで！　アーヴァさんすらダメなの！

「絶対に無事に帰ってきます！」

まるで母のように、私とオリヴェルを支えてくれた、優しい人。

私にとっては、神よりもずっと私を助けてくれた、女神様だ。

そして私はまだ、老衰による大往生を諦めてはいない。

絶対にアーヴァさんの元へ、オリヴェルと共に帰ってこようと心に誓う。そして人としての天寿をまっとうするのだ。

正直現在魔王の棲むダンジョンが、どれくらいの広さかは全くわからない。

あまりにも襲いかかってくる魔物が強力で、魔王のところまでは到達できなかったようだが、一度その中にはいったエリアス殿下によると、まるで生きているようにその中は蠢いていたそうだ。

しかも時間が経つたびに、少しずつ拡張しているようであったと。

おそらくかつての魔王城と同じく、ダンジョンは魔王の一部なのだろう。

忘れたかった記憶が蘇《よみがえ》る。己の体が押し潰されていく感覚も。――でも。

私は顔を上げる。今は心的外傷《トラウマ》などに振り回されている場合ではないのだ。

「……そろそろいくぞ」

オリヴェルがその身を巨大な漆黒の竜へと変える。見送りにきた領民たちがそれを見て歓声を上げる。

竜ということでオリヴェルを恐れていた領民たちも多かったが、先日の魔族の侵攻を抑え、領地を守り切った彼に対し、領民たちの意識も随分変わったようだ。

もちろん着ていたガウンがまた引きちぎれて四散したが、彼の着替えなら私の荷物の中に入っている。

全裸で魔王のところへ行くことにはならないので、安心してほしい。

ちなみに何かあった時のために、魔王討伐の間は領地も厳戒態勢をとるらしい。

確かに今回の魔王に対し、私は妙に知性を感じていた。

この前の魔物の侵攻だってそうだ。弱い魔物を大量に配置してオリヴェルの体力を削《そ》いだのちに、強い魔物を当ててくるとか。

さらにまずは翼を傷つけて、その場から逃げられないようにするとか。

魔王が細やかに魔物を操作しているように、私は感じていた。

前世において、魔物たちはここまで統率されていなかったと思う。

だから私たちが出立したのちに、魔王がこの町を魔物に襲わせるという状況も十分に考えられた。

そのためオリヴェルの命令により。アイリスの街中に兵士たちを配置し、警戒体制をとっている。

ありがたいことにマルクス殿下が大量に連れてきた護衛騎士や、兵士たちも協力してくれるらしい。

私を背負った荷物ごと、むんずとオリヴェルが前脚でつかむ。

もちろん反対の前脚にはエリアス殿下とミラ嬢がいる。

ばさり、とオリヴェルの漆黒の翼が大気を掻いた。

同時に与えられるふわりと体が浮く独特の感覚は、やはりどうしても慣れない。

言うならば遊園地の絶叫系遊具に、長時間乗っている感じである。

一気に高度が上がり耳の内側に靄《もや》がかかる。こまめに唾液を飲み込んで、耳抜きをする。

今日が雲のない晴天でよかった。雲の中に入ったらびしょ濡れになるところだった。

高度が安定したところで、当初の予定通り、私はオリヴェルを包み込むように結界を張る。

速度を明確に知ることはできないが、おそらくオリヴェルの飛行速度は、前世のジェット機に匹敵するのではないかと私は思っている。

気圧の乱高下に周囲の猛烈な気流。とてもではないが人間が生身で受けて良いものではない。

前回口に咥えて運ばれた時、本当に死ぬかと思ったのだ。多分最後の方は半ば意識を失っていたと思う。

結界を張り終えれば、一気に呼吸が楽になる。私は深く深呼吸をした。

それから反対側を窺ってみれば、エリアス殿下はすでに白目を剥いて気絶しており、ミラ嬢はそんな彼を看病していた。

エリアス殿下はそのお育ちの良さからか、繊細なお方である。

一方ミラ嬢は図太い。むしろこの空の旅を楽しんでいる節まである。

なんせ私の視線に気づいて、ブンブン手を振ってくるほどだ。ぱっと見は可憐《かれん》なお嬢様なのだが。

彼女の生家がある伯爵家は武門の家であり、男女問わず一族の者は子供の頃から厳しい訓練を受けるのだそうだ。

よってミラ嬢のメンタルの強さは、エリアス殿下の比ではないのだろう。

ちなみに私も車酔いならぬドラゴン酔いで、吐く寸前であったりする。頑張って私の三半規管。

オリヴェルも気を遣って飛んでくれているようだが、それでもきつい。

ちなみにこれは体の正常な作用であって病気ではないから、回復魔法も効かない。

飛行時間は、一時間にも満たなかったと思う。

それでも帰りは歩いて帰りたいな、と思うくらいにはしんどい体験であった。

大地に降りれば、未だ気絶したままのエリアス殿下、強靭《きょうじん》な三半規管で無傷のミラ嬢、気持ち悪くて真っ白な顔をした私と、人型に戻って全裸のオリヴェルがいた。

もちろんオリヴェルの裸がミラ嬢の視界に入らないようにして、私は彼に着替えを渡す。

「すまない。極力静かに飛んだつもりだったんだが」

真っ白な顔をした私に、オリヴェルが申し訳なさそうに眉を下げる。

アクロバット飛行とかされたら、流石の私も怒ったであろうが。

単体で飛んでいるときよりも、はるかに丁寧に飛んでくれているのはわかっていたから。

「もともと人間に飛行能力はついていないもの。慣れないから仕方がないわ。気にしてくれてありがとう」

私がそう言えば、オリヴェルががばりと抱きついてきて、私の顔中にキスをした。

なんでも素直で可愛い、とのことである。言われてみれば最近オリヴェルと喧嘩をしていない。

なんせ思いが通じ合って以後、オリヴェルの愛情表現が止まるところを知らないのだ。

よって口喧嘩になることもない。オリヴェルが素直だから私も素直でいられる。

竜は全ての生き物中でも最も愛情深く一途な生き物だというから、これが普通《デフォルト》なのかもしれない。

だがそろそろ服を着ろ。人の目はなくともここは外だ。青空の下、全裸男に抱きつかれている私の身にもなってほしい。

最初から最後まで気絶していたのがよかったのか、目を覚ましたエリアス様は全く体調に問題なさそうだった。むしろスッキリと元気そうである。

帰りは睡眠導入魔法をかけて意識のない状態で連れて行ってもらうのが良いかもしれない、とパーティーの中で一番具合が悪い私は思った。

少し休んで落ち着いたところで、ダンジョンの入り口を見る。

前回、魔王がいたのはおどろおどろしい漆黒の城だったのに対し、今回の魔王は何の変哲もない洞窟の中にいるようだ。

未だにそこまで物質を構築する力はない、ということなのだろうか。

その割にはこちらへ送りつけてきた魔物たちは、結構な上位クラスだった。

隣にいるエリアス殿下とミラ嬢が小さく震えている。前回攻略に失敗し、撤退しているからか。

確かにその洞窟からは、瘴気が溢れ出ている。そして濃厚な魔王の気配も。

前回魔王が発生した際、聖女がなかなか現れなかったために、魔王城から溢れでる瘴気に対処ができず、魔王討伐が遅れた。

それによって魔王が強い力を得てしまい、次々に魔物をこの世界に生み出し、多くの死傷者を出すことになったのだ。

そして神官たちと国王が一縷《いちる》の望みをかけて全神力を使い、聖女となれる可能性のある人間を召喚しようとした。

そうして呼び出されたのが、私というわけだ。

今思えば、私は元々こちらの世界の魂であったのに、間違って地球に生まれたのかもしれない。

私が瘴気を阻む結界を張ろうとしたところで、オリヴェルが手でそれを制した。

「おれがやる。トゥーリは力を温存しておけ」

そしてオリヴェルが手をかざせば、私たちは薄い膜に包まれた。

「すごい……」

膜の中は清浄な空気が保たれている。私は驚き感嘆の声を上げた。魔法でこんなことができるなんて。

するとオリヴェルが、少し恥ずかしそうに指先で頬を掻《か》いた。

「……アイリを喪《うしな》ってから、聖女なしでも魔王を討伐する方法を、ずっと考えていた」

その言葉に、私とエリアス殿下とミラ嬢は目を見開く。

「あの時、どうしたらアイリを喪わずに済んだのかと」

その結果があの我が身を顧みない、何十年にも及ぶ魔法の研究であったのだろう。

そして確かに彼は聖女が居なくとも、瘴気を防ぐ魔法を作り上げた。

今回の魔王討伐に『私を連れて行かない』と言った理由は、ちゃんとあったのだ。

「……ありがとう」

オリヴェルの深い想いに、私は思わず泣きそうになった。でも歯を食いしばって前を向く。

「それじゃ行こうか」

ダンジョンの中は、高位の魔物だらけだった。

けれども私たちはそれらを容易く駆逐して先に進んだ。

命さえあれば、私は治せる。だから皆恐れずに、魔物に向かって行った。

正直襲いかかってくる魔物の量、強さだけをみれば、前世の魔王城よりも過酷だった気すらする。

けれど不思議と負ける気がしなかった。私の覚悟の決まり方が、前世よりはるかに強固だったからか。

ダンジョン自体は、それほど大きいものではなかった。だがそのもの自体が生きているように蠢き、時に道を塞ぎ、私たちの行く手を阻む。

だがそこは探索魔法にも長《た》けているオリヴェルである。私たちはほぼ迷うことなく進むことができた。

これもまた、私を喪った後悔によるものだったのだろう。

侍女時代、彼の魔法研究を散々邪魔したことを、私は少し反省した。彼の魔法は素晴らしかった。

いや、だからって不摂生して体を壊したら元も子もないんだけど。

「な、何あれ……！」

そうして長い時間をかけ、ようやく辿り着いた最深部。大広間のような空間の中央にそれはいた。

ミラ嬢が恐怖に満ちた顔で、エリアス殿下の背後に隠れる。

大剣を振り回して魔物たちをミンチにしていても、気持ち悪いものは気持ち悪いらしい。

そこにあるのは真っ黒に蠢く、靄の塊だった。

光の一つも見えない。タールのようなどろりとした闇。まるでブラックホールのような。

そこからぼこぼこと、次々に強力な魔物が生み出されていく。

それらを皆で屠りながら、なるほど、と私は思う。

今回の魔王は前回とは違い、自分自身を強化するのではなく、手先となる魔物を生み出す能力を特化したのだろう。

だから発生したばかりでありながら、強力な魔物を私たちに差し向けることができたのだ。

「……タチが悪いわ……！」

この魔王、世界を滅ぼすことを目的とするのなら、実に優秀な特性をしている。

いまだに魔物と真っ当に戦えるのは、竜の血を濃く継いだ、ごく一部の人間だけだ。

だから魔王が魔物を次々に生み出しているだけで、この世界はそのうち勝手に滅びることになる。

この魔王は、ここで何としても消滅させなければならない。

しかも魔王から生み出された魔物たちは、かつてとは違い統制が取れていた。

つまりこの魔物たちは、魔王の一部であるということなのだろう。

元々強い魔物が、自己犠牲を厭《いと》わず統制の取れた集団として、襲いかかってくるのだ。

これはきつい。私は必死に皆に強化《バフ》を盛って、攻撃者《アタッカー》が傷を負ったら回復をすることを繰り返す。

「くそ！　キリがない……！」

品行方正な王子様であるエリアス殿下のお口から、珍しく汚い言葉が漏れた。

おそらくそれくらいに追い込まれていると言うことなのだろう。

「――トゥーリ、エリアス、ミラ、悪いが時間を稼いでくれ。一気に叩《たた》き潰《つぶ》す」

つまり超強力な魔法を放ち、雑魚たちを一掃した後で、魔王に集中攻撃をする、と言うことらしい。

「「「了解！」」」

そう。人間だって、魔物以上に集団行動は得意なのだ。

オリヴェルを後方に庇い、私は防御魔法をかける。エリアス殿下とミラ嬢で攻撃を仕掛けてくる魔物たちを必死に屠る。

だが攻撃者《アタッカー》が一人減れば、もちろん戦闘はその分だけしんどくなる。

「オリヴェル様！　まだですか……！」

脇腹に角を突き立てられたミラ嬢が、血を吐きながら叫ぶ。

もちろん私は彼女をすぐに回復させるが、いくら体の傷を回復させたとしても精神のダメージは蓄積していく。だって傷を負ったという事実はどうしても残ってしまうから。

そして限界ぎりぎり、本当に全滅すれすれでオリヴェルの魔法が完成した。

「――避けろ」

オリヴェルの命令で私たちが彼の後方へと移動した瞬間。途方もない熱量が前方に叩き込まれた。

あまりの眩しさに目を瞑る。ようやく瞼裏にすら感じる光が止《や》んで、私が目を見開けば。

あれだけこの部屋に満ちていた魔物が、全て消え去っていた。

そして随分と小さくなった魔王が、やはり中央でぐねぐねと蠢いていた。

「エリアス、やれ……！」

オリヴェルの声に、エリアス殿下が飛び出し、雷を纏わせた剣で魔王を真っ二つにした。

それでも魔王は何とか切り捨てられた片割れと結合しようとするが、エリアス殿下はそれを許さずさらに細かく刻み粉々にした上で、電撃で焼き尽くした。

頭の中にずっとあった、重く甘くドロリとした魔王の気配が消えていく。

「やった……！」

エリアス殿下とミラ嬢が抱きしめあって涙をこぼす。良かった、魔王は無事に討伐した。

でもこれで終わりではないことを、私は知っていた。

――そう、魔王討伐は、ちゃんと家に帰るまでが魔王討伐なのである。

魔王の気配が消え、さして時間をおかずに足元がグラグラと揺れ始める。

案の定、魔王からの魔力供給がなくなり、ダンジョンが崩れ始めたのだ。

このダンジョンは、かつての魔王城よりもずっと規模が小さい。

よって逃げ出す間くらいは支え切れるはずだ、と。私は己の体から神力を搾り出す。

「くっ……！」

だが大規模な結界を張りその壁を受け止めてみれば、思った以上に負荷が大きかった。

このダンジョンは確かに魔王城よりも規模は小さいが、地下にある分、その重量は魔王城以上だったらしい。

ダメだ、この結界を維持したままでは動けそうにない。

私自身がこの場から少しでも動けば、結界が揺らぎ一気にダンジョンは瓦解するだろう。

考えが甘かった。どうやら私は、またやらかしたらしい。

懲りないなあ、と思う。でもきっと、そういう性質だから、仕方がないのだ。

「オリヴェル！　エリアス殿下！　ミラ嬢！　私が支えているので、その間に皆は逃げてください……！」

「そんな……！」

エリアス殿下とミラ嬢の顔が、絶望に染まる。

そう。私は愚かにも、また同じことを繰り返そうとしていた。

でも、こうなるんじゃないか、とは心のどこかで思っていたのだ。

なるべくしてなった、というか。やっぱりね、というか。私は失笑する。

「……逃げてください。みんなが逃げ切るまで、私がここを支えてみせます」

まあ今回も色々ハードではあったが、それでも前回に比べて、はるかにマシな人生であったとも思う。

するとなぜかオリヴェルは私のそばに歩み寄り、私を包み込むように背中から抱きしめた。

「おれもここに残る。――お前たちは急いで逃げろ」

彼の言葉に、私は大きく目を見開く。

「オリヴェル……」

「死ぬ時は一緒だと、お前が言ったのだろう？」

涙が溢れそうになるのを私は必死に堪えた。気を散らしてしまえば、結界が解けてしまう。

ああ、私は馬鹿だ。なぜ彼に一人で死ぬことの寂しさなんて伝えたんだ。

それを聞いて、優しいオリヴェルがどうするかなんて、火を見るよりも明らかだったのに。

どうしようが、何を言おうが、彼がもうここから動かないであろうことは、分かった。

だから私はエリアス殿下とミラ嬢に笑いかけた。それは満たされた笑みだったと思う。

「いいから行ってください。私の犠牲を無駄にしないで」

「どうして……！」

ミラ嬢が泣き叫んだ。

――ああ、ごめんね。残される方だって辛いよね。

あなたたちは若くて潔癖だから、なおさら心に深い傷を負うだろう。でも生き延びてほしいんだ。

「いいから行け。おれたちは大丈夫だから」

オリヴェルが、そんな二人に笑いかける。私は思わず彼の顔を見上げて驚いた。

オリヴェルは私の前ではよく笑うけれど、他人に笑いかける姿は初めて見た。

「ですが……！」

エリアス殿下が往生際悪く叫ぶ。するとミラ嬢が唇を噛み締め、私たちに向けて一つ深く頭を下げると、その肩にエリアスを担ぎ上げた。

「ミラ……！」

「すみません！　咎《とが》は受けます！　恨みも受けます！　ですが私はどうしてもエリアス様を死なせるわけにはいかないんです……！」

そしてミラ嬢はものすごい勢いで、出口に向かって走り出した。

あっという間にその背中は見えなくなって、私は安堵の息を吐く。

やっぱり子供が死ぬところは、見たくない。

それにしても本当にどうなってるんだろうか、ミラ嬢の怪力と体力。私は笑った。

それから私は背後にいるオリヴェルにもたれ掛かった。

「ねえ、オリヴェル。本当に私と一緒に死んでくれるの？」

「ああ、もちろんだ」

甘えるように聞けば、オリヴェルが幸せそうに笑う。

——死を間際にして何でそんなに幸せそうなのよ。馬鹿じゃないの。

私の視界が一気に歪む。

「……あーあ。また大往生できなかったなあ」

まあ仕方がない。次の人生に期待だ。

ああ、でも来世ではオリヴェルに会えないのか。……それは嫌だな。

「オリヴェル、ごめんね。付き合わせて」

私の涙混じりの声に、オリヴェルは耳元で笑う。――ああ、もう本当に優しいんだから。

「気にするな。置いていかれるより余程マシだ」

愛してる、と。そう言って私の頬に彼の唇が触れた。私の両目からまた滂沱《ぼうだ》の涙が流れる。

私も愛してる、と。震える喉で何とか愛の言葉を搾り出す。オリヴェルはまた笑った。

「……だがまあ、死ぬ前にもう少し足掻《あが》かせてくれ」

「……え？」

「諦めるのは、それからにしようか」

突然の彼の言葉に、死ぬ気満々だった私は大きく目を見開いた。

◇◇◇◇

エリアスを担いだまま、ミラはダンジョンを抜け、そのまま走り続けた。まるで、仲間を見殺しにした事実から逃れるように。

しばらくして完全にダンジョンが倒壊したのであろう地響きが聞こえて、ミラは歯を食いしばる。

自分のための人生を生きたいと、死にたくない、傍観者でいたいと言っていたあの人を。

結局自分たちの事情に巻き込んで、死なせてしまった。ミラの中で酷い罪悪感が渦巻いた。

「申し訳ありません……！　申し訳ありません……！　ごめんなさい……！」

ミラは泣き詫びながらひた走る。それでもどうしても、エリアスだけは生かさなくてはいけなかった。

担いだエリアスが、ミラの背中を宥めるように撫でた。そこでようやくミラは速度を緩め、やがて地面に膝から崩れ落ちた。

エリアスがようやくミラの肩から降りる。ミラは罵倒を覚悟して目を瞑った。

「……ありがとう、ミラ」

責められるかと思いきや、エリアスの口から溢れたのは礼だった。ミラは驚き目を見開く。

「……もう、逃げるしかないとわかっていたんだ」

それなのにその場から動けなかったのは、エリアスに選択する覚悟が足りなかったからだ。

だからエリアスの代わりにミラが泥を被って選んでくれた。エリアスはそれに乗っかるだけで良かった。

「――これは僕ら二人の罪だ」

エリアスの言葉に、ミラはまた声を上げて泣いた。エリアスも両手で顔を覆い、嗚咽を漏らした。

泣けるだけ泣いて、やがて涙も尽きた頃。ようやく二人は手を繋いで歩き出した。

そしてエリアスとミラがシュルヤヴァーラ侯爵邸に戻ったのは、それから三日後のことだった。

二人がふらふらと街に戻れば、周囲にいた皆が慌てて彼らの元に駆け寄って、その偉業を称えた。

だが二人の表情は空虚なままだった。誰かを犠牲にして自らが生き延びるという経験は、清廉な心を持つ若き二人には、耐え難いものだった。

屋敷の中に入れば、領主の部屋に来るように、と異母兄マルクスの近衛騎士に案内された。

領主は今いないのに、とぼうっとする頭で不思議に思いながらも、二人は言われるがままオリヴェルの執務室へと向かう。

「……失礼致します」

執務室に入れば、領主の椅子に堂々と座っていたのは、異母兄《マルクス》だった。

（……兄上、どうしてそこに）

王族だからといって、今ここにオリヴェルがいないからといって、まるでこの屋敷の主人のようにその椅子に座るのは、いかがなものか。

エリアスは生まれて初めて、マルクスに対し違和感と嫌悪感を持った。

執務室の扉が閉められ、その前に近衛騎士が数人並ぶ。

マルクスは満面の笑みを浮かべ、異母弟とその婚約者を迎えるべく立ち上がった。

「……よく戻ったな！　エリアス！　それで魔王は？」

「はい。魔王は討伐いたしました」

「――よくやった！　……それでシュルヤヴァーラ侯爵と聖女は？」

「……オリヴェル閣下とトゥーリ様は、僕たちを逃すために……」

「ほう、死んだのか？」

「…………！」

露骨なマルクスの言葉に、エリアスとミラが凍りつく。

崩れ行くダンジョンの中、大事な仲間を置いてきてしまった。――見殺しにしてしまった。

命を落とした瞬間は見ていないものの、おそらく彼らが生きている可能性は低いだろう。

だがそんな言い方をしなくてもいいのに、と。エリアスはまたしても異母兄に不快感を抱いた。

「まだわかりません。なんせ世界一の魔法使いと聖女です。なんらかの方法で戻ってくるかもしれない」

「……ほう、それは困るな」

「…………は？」

エリアスは首を傾げた。異母兄が言っていることがよくわからない。

――喜ぶべきはずのことを、何故困るなどと。

「ぐふっ……」

その時背中に強い衝撃を受け、エリアスの喉奥から血がごぽりと溢れ出した。

同時に隣にいるミラの、絹を裂くような悲鳴が聞こえる。

遅れてくるのは、激痛。恐る恐る振り返れば、エリアスの背中には、マルクス付きの近衛騎士によって、いくつもの剣が突き立てられていた。

それを見たマルクスは、楽しそうに声を上げてケタケタと笑った。

「マルクスあにうえ……？　どうして……？」

異母弟の血混じりの言葉に、マルクスは満面の笑みで答えた。

「悪いがお前たち勇者一行には、ここで死んでもらう。魔王と相打ちになったという形をとってな」

これは完全に致命傷だ。エリアスはもう助からないだろう。

勝利を確信したマルクスは、エリアスにさらなる絶望を叩き込んでやろうと、滔々《とうとう》と語り始める。

エリアスが勇者となり、魔王討伐に成功すれば、次代の王として彼を担ぎ出す人間が絶対にいるだろうと。

だから今ここで、勇者エリアスは死ななければならないのだと。

「お前のような、身分の低い女官を母に持つ下賤《げせん》な王子が、王位を継ぐなど許されることではない」

エリアスの母は、マルクスの母である王妃に仕える女官だった。

そして国王のお手つきとなり、エリアスを産んだ。

よってエリアスは、この国の王子の中でも最も王位継承から遠い王子のはずだった。

それなのにエリアスは神に選ばれ、魔王を討ち滅ぼす勇者となった。

マルクスを始めとする異母兄弟、そして国王の妃たちは、そこでエリアスの存在に危機感を持ち始めた。

勇者として、魔王を倒してくれるのはありがたい。――だが、それで無駄に力を付け、王位継承権争いに参戦されては困る。

実際先祖の勇者ヨアキムに憧れている現国王は、時折エリアスが勇者として魔王を倒したら、王位を継がせたいと口にするようになっていた。――冗談ではない、とマルクスは嗤《わら》う。

「お前たちが全員ここで死んでくれれば、我が王家はこの豊かなシュルヤヴァーラ領を、なんの犠牲もなく接収することができるし、私の王位継承も確実となる」

死人に口無しだ。その死をどう扱おうが、どう利用しようが、死んだ人間にはどうすることもできない。

「魔王と戦い、共に死んだ勇者として、後世に語り継いでやろう。ありがたく思え」

つまりはめでたしめでたし、というやつだ、と言ってマルクスはいやらしく嗤った。――その顎を、致命傷を負って蹲《うずくま》っていたはずのエリアスの拳が、思い切り突き上げた。

「ぐべっ……！」

情けない声を上げながら、マルクスの体が宙に浮き、地面に叩きつけられる。衝撃で顎が砕け、歯が飛び散った。

「にゃ、にゃんで……！」

口の中が血まみれで上手《うま》く喋れないマルクスを、死ぬ寸前だったはずの異母弟《エリアス》が、何故か無傷の状態で見下していた。

いつもマルクスへの思慕を隠さなかった緑の目が、今や温度を感じさせないほど冷たい。

（何故こいつは生きているんだ……！）

いや、服がしっかりと破れているところを見るに、剣は間違いなく刺さっていた。

あの致命傷を、エリアスは自ら回復させたと言うことか。

（この化け物が……！）

下賤な血を引くくせに、昔から剣や魔法に類《たぐ》い稀《まれ》なる才能を見せ、国王たる父に特別に可愛がられてきた、目障りな異母弟。

いずれは利用してやろうと、表面上は優しくしてやっていたというのに。

「すみませんがあなたが気持ち良く種明かしをしてくださってる間に、エリアス殿下の治療をさせていただきました」

地面に伏したマルクスは、聞いたことのある声にノロノロと顔を向ける。

そこに立っているのは、背筋が凍りそうなほどに美しい最後の竜と、彼に寄り添う番の聖女。——死んだはずなのに、何故。

「いやあ、ご期待に沿えずすみませんね。残念ながら生きております。オリヴェルも私も」

エリアスに刺さっていた剣は全て引き抜かれ、ふわりふわりと宙に浮いている。

それをしているのは、シュルヤヴァーラ侯爵であり、竜であるオリヴェルだ。

やはりこいつも化け物だ、とマルクスは思った。空間を操るなど、人間のできることではない。

「いやあ、マルクス殿下。思い切り私の地雷を踏み抜いていかれましたね」

『ジライ』が一体何を指すのかはわからないが、聖女トゥーリが怒り狂っていることは分かった。

微笑みを浮かべているのに、顳《こめかみ》には青筋が立っており、神力による威圧感が凄い。

「人の死を、想いを、勝手に自分の都合の良いように利用する。本当に王族のエゴというか何というか。王家のお家芸なんですか？　それ」

どうやら彼女は、マルクスがエリアスを殺害し、それを魔王討伐による死亡としようとしたことに逆上しているらしい。

そんな荒ぶる彼女を宥めるように、シュルヤヴァーラ侯爵が優しく背中を撫でている。

「——やっぱり第一印象って馬鹿にしたものじゃないのね。最初からマルクス殿下ってなんか胡散臭《うさんくさ》いし、絶対に何か企《たくら》んでるって思ってたのよ。ヨアキムによく似ているって時点で信用ならなかったわ」

何やら怒りに震えるトゥーリ。悲しそうに肩を落とすエリアス。殺意を隠さない目でマルクスを睨むミラ。

何もかもがどうでもよさそうな顔で立っている、オリヴェル。

「もちろんこのことは全て、国王陛下にご報告させていただきます。魔王討伐の知らせとともにね」

トゥーリの言葉に、マルクスは顔色を変える。

マルクスの行動は、すべて独断によるものだ。勇者となった息子の魔王討伐の吉報に喜ぶ父に報告され、全てが露見すれば、己の王位継承権が危うい。

「ま、待ってくれ！　お願いだ！　話を聞いてくれ……！」

「申し開きは王都に帰って、父親である国王の前で直接するがいい。悪いが我がシュルヤヴァーラ侯爵領において、罪の情状酌量はしかねるのでな」

オリヴェルのそっけない言葉に、マルクスは絶望の表情を浮かべる。

「エリアス……！　お前のことをこれまでずっと可愛がってやっただろう？　頼む、今回の件は不問にしてくれ……！」

挙句、自分が殺そうとした異母弟にまで縋り出した。

「……いくら僕でも、流石に自分を殺そうとした人間は庇えませんよ。マルクス兄上の処遇に関しては、国王陛下にお任せします」

だが流石にお人好《ひとよ》しなエリアスも心底呆れた様子で冷たくあしらった。マルクスは地に伏せて泣《な》き喚《わめ》いた。

「――捕らえろ」

オリヴェルの命令に、シュルヤヴァーラの兵士たちがマルクスとその近衛騎士たちを捕らえる。

そして彼らが執務室から引っ立てられると、ミラはすぐさまエリアスに抱きつき、声をあげて泣いた。

「エリアス様には私がいます、何があっても私だけは……！」

家族に裏切られた恋人を、必死に慰めようとしたのだろう。

エリアスは目を見開き、それから彼女を抱き締め返して、静かに涙をこぼした。

その二人を見て、トゥーリはもらい泣きをしていた。やはり少年少女の恋は良い。青春である。

自分たちは若干爛れているからか、目に沁《し》みる。

しばらくして落ち着いたミラ嬢は、その場でトゥーリとオリヴェルに向かい、深く頭を下げた。

「……申し訳ございませんでした。私のことは殴るなり蹴るなりしていただいて構いません」

確かにエリアスを救うため、彼らを見捨てる判断をしたのは、ミラだった。

トゥーリは驚き、慌ててミラの顔を上げさせる。

「逃げろと言ったのは、私とオリヴェルです。むしろあの時エリアス殿下とミラ様が逃げてくれなきゃ、みんな死んでいましたよ」

エリアスとミラが、またしてもその目に涙を浮かべた。

「よかったです。生きておられて、本当に良かった……！」

随分と苦しい思いをしていたのだろう。ミラはトゥーリに抱きついて、また声を上げて泣いた。

「……僕とミラがダンジョンから逃げた後、いったい何があったのです？」

トゥーリがミラを慰めていると、エリアスが聞いてきた。するとトゥーリは少し恥ずかしそうに笑った。

「いやぁ、私ももうダメかと思ったのですが……」

◇◇◇◇

「ずっと考えていたんだ。アイリを助ける方法を」

私は大量の神力を放出しているせいで朦朧とする頭で、オリヴェルの言葉を聞いた。

「あのときおれに意識があったら。どうやってアイリを助けただろうって何度も妄想した。……そして一つの魔法を構築した」

オリヴェルが魔法の研究をひたすらしていたのは、己の頭の中だけでも、私を助ける方法を確立したかったからなのだそうだ。

先ほどの瘴気をブロックした魔法も、その魔法を作る最中にできた副産物なのだと言う。

すでに死んだ人間のため、なんて。不毛にも程があるのに、そんな彼の気持ちが嬉しい。

オリヴェルはその魔法を使うために、今あるすべての魔力を使おうとしているようだ。

普段涼しい顔をしている彼の額に、汗が浮かんでいる。一体どんな魔法なのだろう。

「空間そのものを転移させる」

「……え？」

それはつまり、瞬間移動《テレポート》というやつだろうか。

「……エリアスとミラを先に逃したのは、そもそもおれとアイリのふたりを移動させることしか想定していないからだ」

「……なるほど」

エリアス殿下とミラ嬢がいては、定員オーバーだったということか。

本当に私を救うためだけに、オリヴェルはその魔法を作ったらしい。

つまり私は、彼がその魔法を構築し終えるまで、この結界を維持しなくてはならない。そう、魔法の発動が先か、私が力尽きるのが先か。

――絶対に、死んでたまるもんですか……！

その時、私の中で、自分でも驚くほどの力が湧いてきた。

人間の生きたいという欲望は、こんなにも強いものなのか、と我ながら笑ってしまう。

そして私は無事、オリヴェルが空間転移魔法を発動させるまでの時間を稼ぎ切った。

「……トゥーリ、ありがとう。もう大丈夫だ」

オリヴェルがその魔法を放った瞬間、周囲の景色がぐにゃりと曲がる。

頭の芯が鈍く痛み、自分の体がまるで大気に溶けたかのような、不思議な感覚がして。

気がつけば、オリヴェルとふたり、ダンジョンの外にいた。

それから次の瞬間、洞窟が完全にぐしゃりと潰れ、土煙が周囲に舞った。

オリヴェルが転移魔法を使ってくれなければ、間違いなく自分たちは潰れていただろう。

私は思わず己の手をグーパーと繰り返し、滑らかに動くことを確認する。

「……オリヴェル」

「……どうした？」

「私たち、生きてる……？」

「ああ、そうだな。生きている」

そう言ってオリヴェルが微笑んだ。その顔を見た瞬間、私は辛抱たまらず彼に抱きつき、わんわん声をあげて泣いた。

――ああ、やっぱり私は生きたかった。オリヴェルと共に生きたかったのだ。

そして泣いて泣きまくって、私たちはそのままその場で気絶した。

なんせ私は神力を、オリヴェルは魔力を使い切り、体力もとうに限界を超えていたのだ。

目を覚ました後もしばらく体を休め、体力を回復させたのち、また竜になったオリヴェルに運んでもらって、エリアス殿下やミラ嬢よりも半日ほど早く、こっそりとシュルヤヴァーラ侯爵領に帰ってきていたのだ。

ちなみに今回は睡眠導入魔法を使い、眠っている状態でオリヴェルに運んでもらった。

眠って目が覚めたら移動が終わっているなんて、最高である。今後はこの方法でいこうと思う。

やっぱり主役は勇者であるエリアス殿下なので、私たちは彼が帰ってくるまでは身を隠しておこうと思い、アーヴァさんなどの信頼できる使用人だけに帰還を伝えていたのだが。

そこでまあ色々と、出るわ出るわ、マルクス殿下の怪しい所業。

今ではこのシュルヤヴァーラの屋敷をまるで我が物のように練り歩き、領主の機密資料なども勝手に見ようとしたらしい。

何か企んでそうだなと、身を潜めてエリアス殿下とミラ嬢の帰りを待っていたら、これである。

実の弟であるエリアス殿下に剣を突き立て、彼を傷つけたいがために、私たちがいるとは気づかずに滔々と『僕の考えた凄い計画！』を馬鹿みたいに語ることで、自分の罪を自白したわけだ。マリクス殿下は見事に私の地雷を踏み抜いていった。いわゆる死人に口なし、と言うやつだ。

本当に何なの？　王家のお家芸なの？　許すまじ。

彼らを犯罪者用の地下牢《ちかろう》に放り込み、ようやく私の気持ちは落ち着いた。

「本当に申し訳ございませんでした」

魔王を倒した勇者様なのに、愚かな異母兄のせいでエリアス殿下は肩身が狭そうだ。

だがその隣で、ミラ嬢が寄り添っていた。

ミラ嬢もマルクス殿下の近衛騎士に拘束されそうになったんだけど、自分で吹き飛ばしていた。

そのままマルクス殿下に殴りかかろうとしたから、オリヴェルの魔法で拘束し、慌てて止めたのだ。

ミラ嬢に殴られたら、間違いなくマルクス殿下は即死だろう。

そしてミラ嬢は、王族を殺した罪で死罪になってしまう。よって殴るのはエリアス殿下に任せた。

生まれだのなんだの本当にくだらないと思う。そう思えるのは私が元異世界人だからかもしれないが。

エリアス殿下とミラ嬢は、拘束したマルクス殿下とその近衛騎士を連れて、すぐに王都に帰ることになった。

魔王討伐をいち早く国民に伝えたいであろうし、異母兄をこのままシュルヤヴァーラに置いておくわけにもいかないからだろう。

もちろん我がシュルヤヴァーラからの使者と兵士も同行させた。

また勝手に事実を改竄されてはたまらない。マルクス殿下はエリアス殿下よりも随分とお口が達者なようであったし、その悪辣な性質からして、いくらでも嘘を吐くだろうから。

マルクス殿下のやらかしは、しっかりと国王陛下に申し送りする所存だ。

王都へと帰っていく彼らの背中を見送りながら、私はオリヴェルの肩にそっと頭を預ける。

「……思ったよりも、大変だったのかもしれないなぁ」

「ん？　どうした？」

「ううん。なんでもない」

かつて私が死んだ後、勇者ヨアキムは幸せで満たされた一生を送ったのだろうと思った。

でも、そんなことはなかったのかもしれない。

ただ母親の身分が低いという理由で、この国の王の第三子であり、文武に優れ、容姿も美しく、何よりも神に選ばれし勇者であるエリアス殿下が、これほどまでに見下され貶《おとし》められ謀られて命を失いかけたのだ。

勇者とはいえ、所詮平民でしかないヨアキムが国王になったことに、反発がなかったとはとても思えない。

常に王侯貴族には生まれを理由に蔑まれたであろうし、常に暗殺の危険もあっただろう。

まあ、要領の良い器用な男だったから、それなりに上手くこなしたのだろうけど。

心休まる時なんて、そうそうなかったのではないだろうか。

もちろん今となっては、私の想像に過ぎないけれど。

「……ヨアキムが晩年、一度だけおれのところに来たことがある」

私の気持ちを察したのだろう。オリヴェルがぽつりとこぼした。

私は俯けていた顔を上げる。するとオリヴェルは私の頭を優しく撫でた。

「侯爵として国王たる自分に恭順を示せ、そしてシュルヤヴァーラを国に返せと言ってきた」

聞いているだけでイラッとして、私は眉を顰めた。

魔物たちが住み着いていた土地をオリヴェルに押し付けておいて、豊かになったら返せって都合が良いにも程がある。

オリヴェルは指の腹で、私の眉間に刻まれた深い皺を伸ばしながら笑う。

「もちろんふざけるなと追い返してやったさ。当時この国は経済破綻寸前で、あいつはおれからなんとか当座の金を引っ張り出してやろうと考えたのだろう」

残念ながら勇者であることと、施政者としての才能は別だったらしい。

「ヨアキムはまるで別人のように、酷く人相が変わっていた。実際の年齢よりも老け込んで見えたくらいだ。おそらく苦労が多い人生だったんだろうな」

伝わっていることと、実際は違う。かつての自分が、元の世界に戻ったことにされてしまったように。

ヨアキムの人生もまた、伝わっていることと違い、光に満ちたものではなかったのかもしれない。

「……ありがとう、オリヴェル」

だが正直に言って今や私は、実際のヨアキムの人生が、幸せなものであっても不幸なものであってもどうでも良かった。

愛の反対は、無関心であると前世聞いたことがある。まさにそうだと私も思う。

「オリヴェル、大好き」

私はオリヴェルに抱きついて、その首の匂いを胸いっぱいに吸い込む。

今が幸せだから、過去のことなどもうどうでもいい。ただそれに尽きる。

私にはただ、この可愛い竜がいればいい。

するとオリヴェルは私を強く抱きしめて、わずかに目を潤ませて「おれもだ」と言ってくれた。

さて、そこまでなら綺麗な話で終わったのだが。

突如としてオリヴェルに抱きしめられている私の爪先が浮いた。

「あら？」

私が思わず間抜けな声を出せば、オリヴェルがにやりと嗜虐的な笑みを浮かべる。

「なあ、トゥーリ。おれが覚悟しておけ、と言ったことを覚えているか？」

私の額に、背中に、たらたらと冷や汗が流れた。

ああ、確かにそんなことをおっしゃっておられましたね。

私の目が宙を泳ぐ。半分寝ていて聞いてなかったと言ったら、怒られるだろうか。

「魔王は倒した。第一王子も片付いた。過去にも折り合いがついた。さて、これでもう何の憂いもなく思う存分に愛し合えるな」

「いや、物事には限度というものがあると思うんですよね、旦那様」

恐怖のあまり、言葉が侍女時代に戻ってしまった。

だってこのままオリヴェルに好き放題体を貪られてしまったら、私はしばらく寝台の住人になってしまう。

「そうだな。お前の神力で何とかできる範囲にしてやろう」

あの、私即死以外は全て治せるんですけど。待って、本当に待って。

そして私はオリヴェルに担ぎ上げられ、そのまま夫婦の寝室に運ばれて、そそくさと寝台に押し倒された。

「ま、待ってオリヴェル！　まだお外が明るいわ……！」

せめて夜にしてほしい。彼の夜目《ナイトビジュン》が優秀で、夜であろうと何もかも丸見えだということはわかっているのだが、自分が居た堪れないのだ。

「嫌だ。おれはもうずっと我慢してる」

確かに我慢させていた自覚はあるけれど、魔王討伐前に抱き潰されるわけにはいかないのだから仕方がなかったと思う。

「じゃ、じゃあせめて！　お風呂に入らせて……！」

するとふう、と一つ深い息を吐いて、オリヴェルが私を担ぎ上げた。

そして浴室へ向かうと、浴槽に魔法で水を作り出し、さらに適温に温める。

それから私の着ていた服をあっという間に脱がせると、そのまま浴槽に沈めてくれた。

心地よくて、私はうっとりと目を細める。

「あ、ありがと……え？」

ゆっくりお風呂に入れるかと思いきや、オリヴェルまで服を脱ぎ全裸になると、浴槽に入ってきた。

浴槽自体は大きく、二人で入っても余裕があるのだが、嫌な予感しかしない。

案の定オリヴェルは私を引き寄せて、背中から抱え込むように抱きしめた。

当たっている。お尻にオリヴェルの猛《たけ》ってるものがガッツリと。今日も雄々しいなあと私は遠い目をする。

「……洗ってやろうか？」

「…………！」

耳元で囁かれ、私の顔も体もほのかに赤く色づいた。

そしてオリヴェルの手が、私の肌を辿り出す。洗うとか言っておいて、その指は明らかに性的な意思を持って動いている。

背後から乳房を包み込むように、優しく揉み上げる。くすぐったくて身悶《みもだ》えれば、その頂きに触れられて腰が跳ねた。

すぐに痛痒《いたがゆ》いような感覚がして、そこが硬く勃ち上がるのが自分でもわかってしまう。

優しくその表面を撫でられるだけでも気持ち良いけれど、下腹部に熱が溜《た》まって次第に物足りなくなってくる。

「オリヴェル……！」

彼の名を呼ぶ声が、どこか懇願の響きを持ってしまうのは、仕方がないことで。

オリヴェルが嬉しそうに小さく笑う声が背後から聞こえて、少しムッとしたところで。

硬くなったそこを、彼の指先が引っ張るように摘み上げた。

「あっ……！」

痛みに転じそうなギリギリの快感に、私は思わず声を上げ、腰を振るわせた。

すると今度は優しく触れるだけの刺激を与えてきて、私がまた物足りなさを感じたところで強く押し潰したり摘み上げたりを繰り返してくる。

「ん、んんっ……！」

強弱をつけて与えられる快感に、勝手に腰がかくかくと震え、下腹が物足りなさげに内側へきゅうっと締め付けられる。

切ないようなその感覚を逃そうと、膝同士を擦り付けるように脚を動かせば、オリヴェルの腕が降りてきて、私の脚の間に入り込み、割り開いた。

そして指先で、脚の付け根にある割れ目を下から上へとそっと撫《な》で上げた。

「――っ！」

待ち望んでいた刺激に、それだけで達しそうになって、私は思わず体を硬くする。

オリヴェルにちょっと触れられるだけで、すぐ気持ち良くなってしまうはしたない己の体がなんとも恥ずかしい。

「湯の中でもわかるくらいに濡れてるぞ」

さてこの竜は、わざわざ報告しなくてもいいことを、何故あえて言ってくるのか。

オリヴェルの指がぬるぬると襞の中を探る。その度に私の腰が小さく跳ねてしまう。

やがて硬い指先で、私が一番気持ち良くなってしまう小さな神経の塊を撫でる。

「――っ‼」

私はそれだけで達してしまい、爪先をピンと跳ね上げて小さく痙攣した。

感じやすいにも程がある。もう少し頑張ってほしい、私の体。

オリヴェルももちろん私が達してしまったことはわかっていて、私が快感から逃げ出さないように、ぎゅっと抱きしめてくる。やめてほしい。

おかげで絶頂が長引いて、私はそこからなかなか降りてこられなくなってしまうのだ。

「……挿れていいか？」

そして随分と余裕のない声で聞かれた。どうやら本当にギリギリまで我慢していたらしい。

お腹の奥が切なくて私が頷けば、オリヴェルは私の脇に手を差し込んで持ち上げ、体を反転させ向かい合わせにし、己のものの上へとそっと下ろした。

「かはっ……！」

慣らされていない状態で、彼のものがみちみちと中を押し開いていく圧迫感に、私の喉が渇いた音を立てる。

自重で奥深くまでオリヴェルが入り込んで、まるで串刺しになっているような気分だ。

「……痛くはないか？」

思わず眉を顰めた私に、オリヴェルがしまった、という顔をして、心配そうに聞いてくる。

私は小さく首を振った。体への衝撃が大きいだけで、痛いわけではない。

すっかり私の体はオリヴェルに慣らされて、彼を受け入れられるようになっていた。

「きついな……」

オリヴェルが眉を下げて情けない声で言った。私は思わず小さく笑ってしまう。

実際圧迫感で体が強張って、彼のものを強く締め付けている自覚はあった。もちろん不可抗力だが。

するとオリヴェルは繋がったまま腰は動かさず、前屈《まえかが》みになって私の胸の頂を口に含み、吸い上げ、甘噛みを始めた。

「んっあ、ああ……！」

その度に私の下腹の奥が疼いて、引き絞られるような感覚が続く。

さらに彼は手を下に伸ばし、繋がっている場所の上にある、すっかり赤く腫れ上がった小さな神経の塊を、指の腹で擦り上げ、押し潰す。

「ひあっ……！」

最も快感を覚える場所を三カ所同時に刺激され、私はまたあっさりと絶頂に達してしまった。

私の中が脈動と共にオリヴェルを締め上げて、蜜をこぼす。

オリヴェルは何かに耐えるように眉を顰め、そして滲み出た蜜を潤滑剤に、下から激しく突き上げた。

「やあっ……！」

絶頂の中で一気に胎を押し上げられ、私はまた達してしまった。いわゆる連続絶頂というやつだ。

だがオリヴェルはそのまま容赦なく私を穿ち、揺さぶった。

「や、まって、まだ……！　あああっ……！」

あまりの快感に、何も考えられなくなり、私は声を上げることしかできない。

オリヴェルの動きと共に、浴槽の中のお湯が激しく波打つ。

「……くっ」

ようやく小さく呻いてオリヴェルが私の中に吐精した頃には、湯中《ゆあた》りもあって私の意識は朦朧としていた。

中からオリヴェルのものが引き抜かれ、その感覚だけで無意識のうちに私の体がビクビク震える。

オリヴェルは私を抱き上げると、浴槽から立ち上がり、魔法を使って私と彼の体の水気をとる。

肌がさらりとしたことで、私が心地よくなってうとうととしているところで、寝台の上に下ろされた。

ああ、もうこのまま寝てしまいたいなあ、と思うが、もちろんオリヴェルがそんなことを許してくれるわけもなく。

幸せそうに舌舐めずりをした後、私の脚の付け根に顔を埋めた。

あ、やっぱりするんですね、それ。本当に好きですよね、それ。

そしてオリヴェルの長い舌が、つぷりと私の蜜口に差し込まれて丹念に中を探る。

本当にこの蜥蜴舌が凶器なのだ。

「ひいっ！　あああああ……！」

「もう、や、らめぇ……！」

「…………！」

結局私はドロドロのぐちゃぐちゃになって、完全に意識がなくなるまでオリヴェルに快感を叩き込まれることとなり。

それから数日間、寝室から出ることができなかった。

エピローグ　聖女の幸福

シュルヤヴァーラ侯爵邸の庭園で、小さな竜と、小さな男の子が戯れあっている。

その様子を私は、大理石でできた四阿の中で、白湯《さゆ》を飲みながら微笑ましく見守っていた。

「ね、お母様。ラウリ兄様に乗っても良い？」

すると小さな人型の男の子、次男のアルヴィが私に大声で聞いてきた。

うーん、それは流石に危ないから許可は出せないな。

なんせ長男のラウリはお調子者だ。アルヴィを楽しませようとして、アクロバット飛行なんて恐ろしいことをやりかねない。

「危ないからやめなさい。空を飛びたいなら後でお父様に頼んであげるから」

するとアルヴィが目に見えてしょんぼりした。

「大丈夫だって。お母様は心配性だなあ」

そんな呑気なことを言うラウリ。最近人型も取れるようになったくせに、面倒くさいからといつも竜の姿で過ごしている。そんなところが父親そっくりである。

「だめよ。アルヴィはあなたと違って、屋敷の屋根から落ちても無傷とはいかないのよ」

この仔ドラゴンのラウリときたら、先日寝相が悪いくせに屋敷の屋根の上でうたた寝をして、寝返りを打ってそのまま地面に落ちたのだ。

ドスンとものすごい音がして落ちたから、心配のあまり私は真っ青になって彼の元へ駆け寄ったけれど、回復するまでもなく無傷であった。それどころかそのまま起きずに寝ていたのだった。

そんなふうに、長男のラウリは竜の特徴を濃く受け継いで生まれてきた。むしろほぼドラゴンのままと言っていい。

私のお腹の中から透明な卵膜に包まれて小さな竜《ラウリ》が生まれてきたとき、私は驚き、そしてとても喜んだ。ああ、これでオリヴェルが寂しくないと。

自分で卵膜を食い破り出てきたラウリは、私を求めて大きな声でガオーッと吠《ほ》えた。その時の愛おしさといったら。

私は彼を抱いて、わんわん泣いた。可愛くて可愛くてたまらなくて。

ちなみに父親とは違い、生まれたばかり故の柔らかなその鱗の手触りに少々『ソフトシェル……！』と思ってしまったのはここだけの話である。うん。そんなところも可愛かった。

オリヴェルは号泣している私を見て、竜を産んでしまったことにショックを受けているのかと勘違いし、喜びと絶望の入り混じった顔をしていたが、私が「見て！　オリヴェル！　可愛いでしょう！」

とドヤ顔でラウリを差し出せば、小さな仔竜を抱いて、その綺麗な黄金の目からぼたぼたと涙を流した。

その二年後、産んだ次男のアルヴィは、今度は完全に人間の形をしていた。

ふにゃふにゃの体で、ほわほわと泣く姿が愛おしくて。

私は彼を抱いて、やっぱりわんわんと泣いた。可愛くて可愛くてたまらなくて。

ちなみにオリヴェルは柔らかなアルヴィを恐々《こわごわ》抱いて『トゥーリにそっくりだ』と言って、やっぱりその黄金の目からぽたぽたと涙を流した。

アルヴィは竜であるオリヴェルの血も継いでいるから、非常に強い魔力を持っている。

けれどもその体はほとんど人間と変わらない。よってやはりラウリとは頑丈さが違う。

だが、まだ幼い彼らにそれを教えるのは、とても難しい。

できれば互いに劣等感を持ってほしくはないし、兄弟で仲良く互いを尊重しつつ生きていってほしいのだ。

「大丈夫だって！　絶対に落とさないから！」

そう言ってラウリが前脚でアルヴィの肩を掴み、羽ばたく。

アルヴィの足がふわりと浮いて、私は慌てる。

「ダメって言ってるでしょう……！　何かがあっても、母様は今、あなたたちを助けられないのよ……！」

ふたりを止めようと、私が大声で怒鳴って立ち上がったところで。下腹部に小さく何かが弾けるような感覚がした。

それと同時に生温かな水が、足をつたって大量にこぼれた。――これは破水だ。

どうしよう。私は全身から血の気が引いた。

そう、私は今三番目の子供を孕《みごも》って、ちょうど臨月に入ったところだったのだ。

出産が破水から始まったのは初めてで、子供たちも止めなくてはいけなくて、どうしたらいいのか分からず、パニックを起こした私はその場にしゃがみ込んで叫んだ。

「オリヴェル……！　助けて……！」

そして次の瞬間、私は温かな腕に抱きしめられていた。

どうやら私の叫びを聞いて、転移魔法でここまできてくれたらしい。私は安堵に包まれる。

「ラウリ！　アルヴィ！　何をしている……！　すぐに降りてこい！」

兄弟は突然のことに唖然として、それから慌てて地上に降りてくる。

「お前たちは母様が今大事な時期と知っていて、困らせているのか！」

父の怒りを前に、ラウリとアルヴィの目から大粒の涙が溢れだした。

子供たちは私の言うことはなかなか聞かないくせに、父の言うことは素直に聞く。そのことに対し少々思うところがないわけではないが。

甘やかしているとは言われても、やっぱりここで助け舟を出すのは、母親の務めだろう。

ごめんなさい、ごめんなさいと泣きながら繰り返す二人を、私は手招きして、抱きしめる。

「ラウリ、アルヴィ、アーヴァに言って、お医者様を呼んでもらっていいかしら」

すると二人は涙を湛えた目を、大きく見開いた。

「お母様、生まれるの？」

「ええ、そうよ」

「わかった！　すぐに呼んでくる」

二人が勢いよく屋敷の中へ走っていく。

その背中を見送っていると、オリヴェルがお腹に負担をかけないようにそっと抱き上げてくれた。

「……っ！」

するとどんどこと一気に陣痛がきた。三人目だからか、最初からかなり間隔が短い。お医者様は間に合うだろうか。

「ごめん、オリヴェル、部屋に連れていって」

「ああ、わかった。大丈夫か？」

「大丈夫じゃないぃぃぃ……」

三人目だろうが、痛いものは痛いのである。

体を丸めて呻く私に、オリヴェルが慌てて部屋へと連れていってくれる。

必死に陣痛に耐えている間、オリヴェルはずっと私のそばにいてくれた。

ぎゃあぎゃあ泣き叫ぶ私を宥め、慰め、腰を摩り、抱きしめてくれた。夫の鑑である。

綺麗な姿だけを見せるなんて、結婚したらできないものなのだ。仕方がない。

かろうじて出産前にお医者様は間に合って、赤ちゃんはするりと生まれてくれた。

その元気な産声を聞いて、私は目を細める。人間の赤ちゃんの声だ。どうやら今度の子も人型らしい。

だがその生まれてきたばかりの子を見て、先生は少し驚いているようだった。

けれどもすぐに微笑んで、「元気な女の子ですよ」と私に娘を渡してくれた。

渡された娘を見て、私も一瞬固まってしまった。——なぜならば。

「ど、ドラゴン娘だ……！」

姿形は人間なのに、娘の頭には小さな竜の角がついていて、背中には小さな竜の翼がついていたのだ。

「うわあ、か、可愛い……！　可愛すぎる……！」

娘を抱いて、やはり私は叫んだ。何なんだこの可愛い生き物は。

一度部屋から追い出されていたオリヴェルが、不安そうな顔で戻ってくる。

そして私の腕の中にいる娘を見て、やはり一瞬固まった。

「見て！　オリヴェル。私たちの娘、可愛すぎない？」

産後すぐのハイテンションの中、私が腕の中にいる娘をわくわくと差し出せば、オリヴェルはまた震える手で受け取って、やっぱりその黄金の目からぽたぽたと涙を流した。

「ああ、可愛いな」

「でしょ！　女の子よ！」

「……嫁には出さん」

「いくら何でも早いわ……！」

私は思わず笑ってしまう。まったくこの愛情深いドラゴンときたら。

この前、王太子になったエリアス殿下とその妃になったミラ殿下の間に王子が生まれたばかりだから、もしかしたら王家から婚約の打診が来るかもしれないな、なんてことを思う。

人間の持つ特殊能力の元である竜の血を、できるだけ王家の血統に濃く入れ込みたいらしいから。

まあ、そんな人間に都合の良いだけの政略結婚なんて、オリヴェルが絶対に許さないだろうけれど。

「本当にトゥーリはどんな子が生まれても、可愛いんだな」

私がくだらないことを考えていると、オリヴェルがぽつりとそんなことを言った。

何を当たり前のことを、と私は肩をすくめる。

「私とオリヴェルの子よ。可愛いに決まっているじゃない」

私がそう言えば、オリヴェルがまたその黄金の目を潤ませた。

人間だろうが竜だろうが構わない。私が伴侶に求めるのは、ただひとつ。

ただ一途に私を愛してくれることだけだ。

「幸せだわ……」

娘を抱くオリヴェルの肩にもたれていたら、思わず口からそんな言葉が漏れた。

ずっと欲しかった家族を手に入れて、毎日が満たされている。

「……ああ、そうだな」

オリヴェルもそう言って、幸せそうにとろりと目を細めた。

残すところ私の夢は、できるだけ健康に長生きをして、大往生をすることだ。

なんせあと百年も生きれば、オリヴェルの残された寿命と大して変わらない。

「目指せ長生き大往生……！」

だってこの寂しがりのドラゴンを、できるかぎりひとりぼっちにはしたくないのだ。

天寿をまっとうすべく私が意気込むと、オリヴェルは小さく吹き出して、「よろしく頼む」と笑った。

番外編　勇者の悔恨

ヨアキムは平民の生まれだ。

王都内にある貧民窟《スラム》で、母一人子一人で育った。

父親の顔は知らない。母も何も教えてくれない。

だがもしかしたら、貴族だったのではないかと思っている。

なぜならヨアキムは平民だというのに、子供の頃から魔力が非常に高く、腕っぷしも強かったからだ。

自分は元貴族だと言い張る、とある貧民窟の住人曰《いわ》く、それは竜の血が濃いからなのだという。

そして竜の血は、基本的に貴族により多く流れているものなのだと。

確かにヨアキムの母は平民には珍しい、金の髪に青い目をした儚げな美貌の女性だ。

それなりの教育を受けていたようで、言葉の発音は美しく、字の読み書きもできた。

おそらく元は良家の出身なのだろうと、貧民窟ではまことしやかに囁かれていた。

そんな彼女は身を売ってヨアキムを育ててくれた。

その貧民窟にそぐわぬ上品な雰囲気から、彼女にはよく客がつき、親子はなんとか生活をすることができた。

母に客が来るたびに、ヨアキムは家の外に出て時間を潰した。

貧民窟には似たような立場の子供達が多くいて、彼らと群れることで身を守っていた。

だが母はそんな生活に耐えられなくなったのか、やがて心身を壊しほぼ寝たきりになってしまった。

倒れた母の代わりに、ヨアキムは己の能力を活《い》かし、子供の頃から用心棒として働くようになった。

それなりに汚いことにも手を染めた。罪悪感は持たないようにしている。こんな場所ではお互い様だ。

『ごめんなさい、ごめんなさい。ヨアキム』

母は毎日のように泣いてヨアキムに詫びた。家事の一つもまともにできない役立たずの自分は、息子に負担をかけるだけの自分は、死んでしまった方が良いと言って。

『そんなこと言わないで。母さん』

繰り返されるそれに若干うんざりしつつも、ヨアキムは母を慰め力付けた。

ヨアキムの中には、常にどこか怒りがあった。

なぜ母のような善良な人間が、こんな目に遭わねばならないのかと。

(――ああ、人が善良に生きることに、何の意味もないのだ)

清く正しく生きれば報われるなんて、残念ながら世界はそんな単純にできてはいない。

利用できるものは利用しよう。他人の感情に鈍感でいよう。そうでなければ、生き残れない。

母譲りの上品な美貌と、美しい言葉遣い、よく笑う明るい性格から、ヨアキムは他人から警戒心を持たれづらい。

それらを利用して、ヨアキムは貧民窟で強《したた》かに生きていた。

そんなある日。彼は突如として原因不明の頭痛に襲われた。

北の方向への異常なほどの嫌悪感と共に。

常に頭の芯にズンと重い何かがあって、妙な焦燥感に駆られる。これは一体なんなのか。

だがこの貧民窟にはまともな医者などいないし、生活に支障をきたすほどの症状ではなかったので、彼はそれを放置するしかなかった。

やがて成人したヨアキムは、国軍の一兵卒になった。

その頃魔王が復活し、地に魔物が蔓延り、国は一人でも多くの兵士を必要としていた。

よって貧民窟出身である卑しい身の上のヨアキムであっても、簡単に国軍に入隊することができたのだ。

安定した職に就いたヨアキムは、これで苦労続きだった母に楽をさせてやれると、素直に喜んだ。

だが貧民窟上がりの兵士など、所詮は使い捨て用の駒にしか過ぎなかった。

まともな訓練も受けず、装備も与えられないまま、ヨアキムは容赦無く過酷な魔物討伐へと送り込まれた。

（……死んでたまるか……！）

常に死と隣り合わせの状況で、ヨアキムは生き延びるためになんだってした。

仲間を見捨てることも日常茶飯事だ。戦場において、兵士の命はただの数字でしかない。

たった一人のために、複数人の命を危険に晒すことはできない。

あまりにも簡単に人の命が失われていく状況に、ヨアキムの心は疲弊し、麻痺《まひ》していった。

仕方がない、仕方がないのだ。

病身の母を一人にするわけにはいかない。どんな手を使ってでも生きて家に帰らねば。

魔物討伐から一度二度無事に生還すれば、運が良かった、で終わっただろう。

けれども死地に送られて十回以上生き残れば、それはもう『奇跡』か『必然』となる。

ヨアキムがあまりにもしぶとく生き延び、戦功を上げ続けるせいで、周囲は彼に違和感を持つようになった。

そしてとうとう国王に呼び出され、ヨアキムは恐縮しながらも謁見の間に向かった。

どこもかしこも美しい王宮は、貧民窟出身のヨアキムの心を酷く苛んだ。

この世界には、こんな贅沢な場所を家として、暮らせる人間がいるのだと。

人は生まれながらにして、これほどまでに差があるのだと。

謁見室に入ったヨアキムは、言われるがまま床に片膝をついて顔を伏せる。

「――面をあげよ」

許可を受けて顔を上げれば、そこにいたのは王冠を被った覇気のない、見るからに気の弱そうな中年の男と、まるで宝石のように美しい王女だった。

ヨアキムは国王よりも王女に見惚れた。こんなにも美しい女を、これまで見たことがなかった。

間違いなくこの国で最も美しく、最も高貴な女だろう。染みひとつない磨き上げられた肌に、艶やかな金の髪。自分には絶対に手の届かない、天上の存在。

国王はこれまでのヨアキムの功績を気だるそうに言い連ね、取ってつけたかのように賞賛した。

「――そなたに会わせたい者がいる」

そして王に命じられて謁見の間にやってきたのは、黒髪に黄金の目をした、これまたとんでもない美貌の少年だった。

その姿形だけならば、王女さえ凌《しの》ぐほどの。

あまりに顔が整い過ぎていて、生きている臭いがしない。

「あの、陛下。彼は一体……？」

「――おれはオリヴェル。この世界に残された、最後の竜だ」

ヨアキムの問いに、少年は自ら答える。

どうやらこの少年、人間ではないらしい。道理で美しすぎるわけだ。

竜とは、人間にとってあまりにも偉大な生き物だ。ヨアキムは畏怖を覚える。

こんな見た目をしているが、おそらく実際の年齢はヨアキムより遥かに上だろう。

「お前、一年ほど前から体調に何らかの異変はないか？　些細《ささい》なことでもいい。言え」

突然聞かれ、ヨアキムは驚く。頭痛ならば常にある。耐えられる範囲のものだが。

「あります。慢性的な頭痛と、北の方向への嫌悪感が」

「――なるほど。おれと同じだな」

そしてオリヴェルは、ヨアキムがいる場所より一段高いところにある玉座に座っている国王を降り仰いで言った。

「――おい。こいつが今代の勇者だ」

それからは、上を下への大騒ぎだった。

魔物たちに疲弊していたものたちは、皆、神に選ばれし勇者の出現に喜んだ。

ヨアキムの心もまた高揚した。やはり自分は神に選ばれし、特別な存在だったのだ、と。

やがてもう一人、同じ症状を抱える剣士ペトリが見つかった。

使い捨てのヨアキムとは違い、彼は貴族の子息が主に配属されるという、王宮の近衛騎士団の副団長だという。

「魔王城に入るには、聖女の浄化の能力が必要だ」

オリヴェルは一度空を翔《かけ》けて単身魔王城へ赴き、侵入を試みたらしい。

だが瘴気に満ちたそこは、竜である彼であっても、一歩も進むことができなかったという。

入ったら最後、すぐに肺が腐り落ちるようだ。そしてそれを浄化するには聖女の力が必要なのだと。

神に選ばれし者たちが集まったのだから、聖女もまたこの世界に存在しているはずだが。

その聖女が、いつまで経っても見つからない。

国が聖女を捜している間、ヨアキムは魔法使いであるオリヴェルや剣士のペトリと共に、必死に王都周辺の魔物の討伐を行っていた。

彼らと連携した戦闘は、非常に円滑に最大の効果を持って進む。

なるほど、神に選ばれただけあるとヨアキムは思った。

だが一方で明らかに魔物は増え、強くなっている。そのことに誰もが焦っていた。

魔物による被害は広がり、無辜《むこ》の人々が次々に命を落としている。

これ以上時間をかければ世界が滅びかねないと、とうとう国王は神力による聖人召喚を試みた。

この世界を救うための存在を召喚するという、大神殿に密かに引き継がれていた召喚術だ。

あまりにも大きな代償を必要とするため、これまで使用されずにいたものだった。

そして王都の大聖堂で多くの高位神官の命と引き換えに召喚されたのは、なにやら凹凸の控えめなのっぺりした顔立ちの、黒髪黒目の少女だった。

体にピッタリとした黒い服を着て、膝丈の細身のスカートを穿いている。

見たことのない服装だ。おそらくここではない世界のものなのだろう。

だが若い女が脚をむき出しにしているなんて、随分とはしたないことだ。

娼婦《しょうふ》なのかとヨアキムは疑問に思った。

後にそのことを本人に冗談半分で聞いてみたら、これはリクルートスーツというもので、彼女の世界ではあらゆる場面で使える正装なのだと焦った様子で言われた。

『私の世界では女性が脚を出すことはごく普通のことなんです！　しかもちゃんとストッキングを履いていたし……』

しかもどうやらほぼ透明の、肌に馴染む下履きをちゃんと履いていたらしい。

その糸の細さと伸縮性に、誰もが驚いていた。

彼女のいた世界は、この世界よりも随分と技術が発展しているようだ。

ミヤノアイリという名前のその聖女は、とにかく周囲に気を遣う女だった。

勝手に召喚され、聖女という役割を押し付けられ、突然魔王との戦いに連れて行かれたというのに、その全てを抵抗することなく従順に受け入れたのだから呆れてしまう。

それでいて、アイリは周囲のことをよく見ていた。

誰が傷を負っていて、誰が疲れていて、誰が悩みを抱えているのか。

気がつけば旅の間、皆の体調管理も食事の準備も汚れた服の洗濯もお金の管理も、全て彼女がするようになっていた。

彼女と一緒の空間にいると、非常に楽だ。

なんせ面倒なことは、全て彼女が自主的にやってくれる。

『聖女様はさあ、若い女の子のはずなのに、まるで世話好きの母親みたいなんだよな』

とは、剣士ペトリの談である。確かにアイリは世話焼きが過ぎるのだ。

それでいていつも周囲を不快にしないよう、ヘラヘラと微笑みを絶やさず、機嫌良くしている。

どれほど辛くとも文句一つ言わず、わがままも言わない。

話しかければ真摯な表情で聞いてくれて、ヨアキムの言葉を否定せず、励ましてくれる。

常に頼られる側、支える側であったヨアキムは、気がつけばその母親のようなアイリの存在に依存するようになっていた。

アイリと一緒にいると、呼吸が楽だ。生きることが楽だ。

確かに間違いなく、アイリは聖女なのだろう。

誰かの役に立たねばという、強迫観念のようなものに囚われていて。

常に周囲に気を配り、自分にできることを探しているのだ。

――ただ、人に必要とされたい一心で。

確かにそれは、聖女として相応《ふさわ》しい資質なのだろう。

『生まれてすぐに母に捨てられてしまって。育ててくれた祖父母ともあまり関係が良くなくて……』

旅の途中、その理由をアイリはそう言った。

常に祖父母の機嫌を窺いながら生きてきたから、まるで呼吸をするように周囲に気を遣ってしまうのだと。

だからこそ彼女は、他人の心の機微にやたらと敏感なのだ。

『まあ、元いた国の国民性もあるのかもしれないですけどね！』

それから、誤魔化すように笑った。

おそらくそうやって茶化《ちゃか》すのもまた、己の身の上話を話して、周囲に気を遣わせまいという配慮からだろう。

確かに他人の暗い人生の愚痴など、聞いていて楽しいものではない。

けれども正直なところ貧民窟で育ったヨアキムからすれば、彼女はさして不幸には見えない。

家族には恵まれなかったのだろう。けれどもその健康的な体からみるに、衣食住には困っていなかったであろうし、高度な教育も与えられていたようだ。

貧民窟では子供は普通に捨てられるものであったし、皆栄養不足で痩せていた。よって彼女の悩みは非常に軽く、甘ったれたものに感じる。

だが人の幸不幸とは、往々にして他人と比べることで測るものだ。

アイリのいた環境においては、おそらく彼女は不幸な方だったのだろう。

素直でお人好しで甘くて、そして自分の中に確たる軸がなく自らの価値を他人に委ねている。

（こんな子と一生を過ごす男は、幸せだろうな）

彼女に対し、ヨアキムはそんな感想を抱いた。

仕事を終え家に帰れば、きっとアイリは嬉しそうに玄関まで迎えにきてくれるだろう。

テーブルには美味しい食事が準備されているだろうし、部屋は常に清潔に保たれているに違いない。

さらには病の母の世話を、甲斐甲斐《かいがい》しくしてくれるだろう。

痒《かゆ》いところに手の届く、彼女のその都合の良さを、手放したくないとヨアキムは思った。

そう、妻にするのなら、アイリのような女がいい。

しかもアイリは聖女である。無事に魔王を討伐した後、勇者である自分と聖女が結ばれれば、きっと誰もが祝福し、熱狂するに違いない。

どうせもうアイリは、元の世界には帰れないのだ。

だったら自分がこの世界における、彼女の居場所になってやればいい。

そんな打算のような恋情で、ヨアキムはアイリと距離を詰めていった。

『ねえ、オリヴェル！　一緒に甘いものを食べに行かない？』

『またかよ……仕方ないな』

だがヨアキムに従順なアイリは、なぜか不思議とオリヴェルだけには我儘を言った。

仲間として共に過ごす中で、それなりに信頼関係を築いてきたが、やはりヨアキムにとって竜であるオリヴェルは、畏怖の対象だ。

竜とは人間の上位種であるのだから。本来ならば神に等しい存在なのだ。

そんなオリヴェルを見えるがままの、まるでただの年下の男の子のようにアイリは扱う。

竜である彼は八十九歳であり、ちっとも年下などではないのに。

『こんなに時間かけて歩いていかなくても、竜になったオリヴェルに運んでもらえば、魔王城にすぐにいけそうじゃない？』

『馬鹿か？　飛行種の魔物がそこら中に飛んでるんだぞ。お前らを掴んで飛んだら身動き取れなくてあっという間に墜落する』

『なるほど確かに！』

『それに魔王城に向かう行程で、できる限り魔物を討伐していくように、あのおっさんに頼まれているだろうが』

『ちょっとオリヴェル。国王陛下におっさんはやめなさい』

オリヴェルと共に過ごしている時だけ、アイリは年相応の女の子に見える。

そのことが、ヨアキムは少しだけ腹立たしい。

「……アイリ」

ヨアキムが甘い声で名を呼べば、オリヴェルと話しているアイリがすぐにぱっとこちらを向いて、頬を赤らめた。

チラリとオリヴェルを見やれば、何やら不服そうに眉を顰めている。

その姿に、ヨアキムの心の中の暗い感情が満たされる。

隣の竜よりもずっと、彼女が自分を男として意識しているのは間違いない。

竜よりも自分が優れている存在になったようで、気分が高揚する。

「……アイリ、お前気持ちの悪い顔してるぞ」

「なんなのこの失礼な大蜥蜴……！」

憤りの理由が、自分自身わかっていないのだろう。オリヴェルが憎まれ口を叩き、アイリが怒っている。

アイリの怒っている姿は、オリヴェルと一緒にいる時にしか見られない。

そのことは、やっぱり少し腹立たしい気がした。

やがて勇者パーティーの旅は終盤を迎え、とうとう魔王城を目前に迫ったその日。

ヨアキムはアイリに求婚をした。

『――君を愛してる。これは真実の愛だ。この旅が終わったら、僕と結婚してくれないか?』

求婚は、すぐに受け入れられると思っていた。

ヨアキムはそれなりに女に慣れている。よってアイリの好意が自分に向いていることは、わかっていた。

彼女は必要とされることに、異常に執着している。

よって自分を求めるヨアキムを拒否することは、できないだろうと。

顔を真っ赤にした彼女の顔を見て、ヨアキムは己の勝利を確信した。――だが。

『――少し考えさせてほしいんです。返事は魔王討伐の後じゃダメですか?』

彼女はいくらか逡巡した後で、そう言って頭を下げた。

(――どうして)

ヨアキムは苛立った。自分に対しここまで明確に好意を示していたくせに、一体何故。

できるなら、明日の決戦の前に確実にアイリを自分のものにしたかったのに。

だがもちろんそんなことは表に出さずにヨアキムは、余裕を持って『では魔王討伐の後に返事をくれ』と微笑んで応じた。

彼女の迷いの理由がわからない。いまだに元の世界に戻れるとでも思っているのか。

（――まあ、いい）

まずは魔王を討伐する。そこで生き残れたら、きっと受け入れてくれるだろう。

そして勇者パーティーは魔王討伐に挑み、満身創痍になりながらも魔王を打ち滅ぼした。

アイリを庇ったことで、全身が焼き爛れてしまったオリヴェルを、彼女が泣きながら必死に治療している。

その姿に、ヨアキムは焦燥感を抱いた。

おそらく自分は彼女のために、そこまでできないだろう。

なんとなく、あの求婚が受け入れられることは、もうない気がした。

そして魔王城から撤退する最中に魔王城が崩れ出し、その崩壊をアイリは結界を展開して留めた。

「……逃げて！」

彼女のその言葉に、ヨアキムは躊躇なくその場から逃げ出した。

仕方がない、仕方がないのだ。

なんせ一人の命で三人が助かるのだから。戦場では至極当然の判断だ。

そしてアイリは、そのまま瓦礫に押し潰されて死んだ。

魔王城に最も近い村で目を覚ましたオリヴェルは、そのことを知って激怒した。

やはり竜のくせに、聖女に、人間の女に恋をしていたらしい。

「ははっ……」

ヨアキムの口から、乾いた笑い声が漏れた。あの時自分に何ができたというのか。

「……仕方がなかったんだ」

そうとしか、言えない。それ以外にどうしようもなかった。

アイリと共に死ねばよかったとでも言うのか、と。そう思って。

このドラゴンが、そのつもりだったことに気付く。

――それは自分がアイリに抱いていた感情よりも、遥かに重い感情で。

ヨアキムの口から、また乾いた嗤いが漏れた。

そして魔王討伐に成功し、王都に凱旋した勇者パーティーを待っていたのは、国民たちからの歓声だった。

この世界を救ったと、誰もがヨアキムを讃えた。

アイリを失い、陰鬱だった気分が一気に上がった。そう、自分たちは成し遂げたのだ。

魔王の恐怖から解放された人々が撒《ま》いた花びらが降り注ぐ中、ヨアキムは声援に応え、悠々と王宮へと続く道を歩いた。

王宮では、王族に次ぐ扱いを受けた。国王が勇者一行の偉業を讃え、祝《ことほ》ぐ。

そしてヨアキムは一人、王に呼び出された。

「――王女を娶《めと》り、この国の王とならないか？」

あの美しい宝石のような王女を思い出し、ヨアキムは一も二もなく了承した。

ああ、貧民窟の子供が、こんなところまで至ったのだ。

アイリが死んでくれてよかったと、ヨアキムは素直に思った。

おかげでアイリに求婚していたという都合の悪い事実はなくなり、なんの憂いもなく王女と結婚することができる。

異世界の聖女と結婚し、なんてことのない人生を送るよりも、王女と結婚しこの国の王になる方がずっといい。

そして同時に母が、魔王討伐の旅の間に力尽きて亡くなっていることも伝えられた。

その知らせに、ヨアキムは解放された気持ちになった。王女と結婚する障害《ネック》がひとつ解決したとさえ思った。ずっと母のために働いていたはずなのに。

全てが自分の望み通りに進んでいく。

やはり自分は神に選ばれし人間なのだと、ヨアキムは思った。

王の指示により、聖女アイリの死は隠蔽され、彼女は元の世界に戻ったことになった。

魔王が滅びたその瞬間に、異世界から迎えが来て帰ったのだと。

そのことにもオリヴェルは烈火の如く怒った。あまりにもアイリが哀れだと言って。

馬鹿馬鹿しい。死んでしまった人間はもう悲しんだりしないというのに。

オリヴェルは国王によって与えられた魔王城の跡地へ行き、そのまま二度と王都に戻ってくることはなかった。

魔王が斃《たお》れた今、竜などという危険な生き物は必要ないというのが、王家とヨアキムの共通認識だった。

こうしてヨアキムは、国中から祝福を受けながら、王女と結婚した。

間違いなくここが、ヨアキムの人生の頂上《ピーク》であった。

頂上に登ってしまえば、あとは転がり落ちるだけだということに、気付かないまま。

王女は美しく、そして酷く高慢な女だった。

最初は勇者ということで、夫となったヨアキムに好意と敬意を持っていたようだが、魔王が滅びたことで必要がなくなったのは、竜だけではなく勇者もまた同じであった。

ヨアキムは元は貧民窟の卑しい生まれだ。

よって貴族の礼儀もわからなければ、国を動かすための知識も経験もない。

貴族の貴公子たちに比べ教養がなく、機知に富んだ会話をすることもできない。

ダンスもマナーも何一つとして王女であった妻の求める基準に達せず、公の場でスマートにエスコートすることすらできない。

よって妻は、早々にヨアキムを見切った。

ヨアキムとの間に後継となる男児を一人産んだあと、己の役目は終わったとばかりに、貴族の子息たちと次々に浮き名を流し始めたのだ。

それに対し、ヨアキムが文句を言うことはできなかった。

結婚し夫婦となったところで、ヨアキムと妻の間には大きな身分の隔たりがあった。

昼は仲の良い夫婦を演じ、夜になれば妻は他の男のところへ行く。それを受け入れるしかない。

ヨアキムは生まれてはじめて、酷い劣等感に苛まれるようになった。

信じていた自分の価値を否定され、卑屈な思考に飲まれた。

その後、妻は妊娠出産を繰り返したが、真実ヨアキムの血を引いていると確信できるのは、長男のみであった。

国王となった後も周囲に侮られ、実権などほぼないような状況が続く。

ただ闘いに身を置き続けたヨアキムには、政治のことなどまるでわからない。

そして、そんなヨアキムを教え導こうとする人間もいなかった。

周囲はヨアキムを利用し、私腹を肥やそうとする者たちばかりだ。

王妃の浪費も止まらない。国の財政は悪化の一途を辿った。

かつてヨアキムを讃え崇《あが》めた人々は、生活の苦しさから彼を蔑むようになった。

(――こんなはずではなかった)

信用できる人間もいない。愛する人間もいない。誰も彼もが敵に見える。

唯一、共に魔王討伐をした剣士のペトリだけがヨアキムを心配してくれたが、やがて彼もまたヨアキムから距離を置くようになってしまった。

何もかもがうまくいくかと思ったヨアキムの人生は、苦難の多いものとなった。

ヨアキムにできることなど何もないのに、王であるが故に国で起きた全てのことがヨアキムのせいになる。

そんな中、かつて袂《たもと》を別《わか》ったオリヴェルの話が伝え聞こえるようになった。

あのドラゴンに与えた呪われし土地が、今や随分と発展しているのだと。

だというのに、自治領として国になにも寄与しないのだと。

『シュルヤヴァーラ侯爵領を国に接収すべきです!』

そうすればしばらくこの国は生き延びられると、臣下たちはヨアキムに迫った。

どうやら己の肥やした私腹を吐き出す気はないらしい。

だがそれ以上に現状を打破する方法が見つからず、ヨアキムは自らシュルヤヴァーラ侯爵領へと向かった。

かつて一年近くかけて魔物を討伐し、人々を救いながら歩いた道を。

(――ああ、あの頃は楽しかったな)
毎日が死に物狂いで、けれども信頼できる仲間たちがいて、幸せな未来を夢見ていて。
王専用の豪奢な馬車の窓から見える人々は、酷く貧しい生活を送っていた。
かつて貧民窟にいた頃のヨアキムのように。これもまたヨアキムのせいなのだろう。
(――僕は、どこで間違ったのだろう)
勇者となりこの世界を救い、その後の人生はただ幸せになれると思っていたのに。
何一つ思い通りにはならないままで、流されてここまできてしまった。
貧しいながらも、仲の良さそうな家族が通りがかる。
子供たちにまとわりつかれながら、年老いた母の手を引き、妻と寄り添う男。
そんな男が一国の王たる自分よりも幸せに見えるのは、一体なぜなのか。
(――アイリと結婚していたら、あんな感じだったのかもしれないな)
平凡で、面白みもない、けれども穏やかな幸せを得られただろう。
シュルヤヴァーラ侯爵領に入れば、あからさまに周囲の風景が変わった。
街は整備され、浮浪者もおらず、皆豊かに見える。
他の領地から、人がここに流れ込む理由がよくわかる。
そしてヨアキムは三十年ぶりにかつての仲間である、オリヴェルに会った。

国王たる自分が来訪したというのに、屋敷の中に入れる気すらないらしい。

顔を見るなり攻撃魔法を仕掛けられ、必死に避ける。

向こうは成人になったばかりのような若い見た目で、こちらは孫もいる老人だというのに、まるで容赦がない。

だが思ったよりも、体が動いた。かつて勇者だった頃の杵柄であるらしい。

「……二度とこの地に足を踏み入れるな。ここはアイリが眠る場所だ」

竜は、いまだに失われた聖女を想い続けていた。

その目には、激しい絶望と怒りがあった。

――羨ましい、と思った。

絶対なる唯一無二があることが。一途に人を想えることが。

ヨアキムに残されたのは、打算と空虚な玉座だけだ。

「――お前が選んだ道だろう。知ったことか」

オリヴェルの言葉が、ヨアキムの心を酷く抉《えぐ》った。

そう、自分が選んだ。

アイリを見捨てることも、彼女の死を穢したことも、そして王となったことも。

その結果は、自らが受け止めるべきなのだろう。

――自分に足りないのは、堕《お》ちるところまで堕ちる覚悟だ。

結局何も得られぬまま王都に戻ったヨアキムを、誰もが無能と責め立てた。――だから。

「――王は、僕だ」

ヨアキムはその場で、自分を貶《けな》した人間たちに雷を落とした。

王が乱心したと阿鼻叫喚《あびきょうかん》の場で、自分を馬鹿にした人間たちが焼け焦げて苦しんでいる姿を見ていたら、何やら笑いが込み上げてきた。

兵士たちがヨアキムを取り押さえようとするが、年老いても勇者であった彼を止めることなどできない。

そう、気に食わない人間は、切り捨てればいいのだ。

一番大事なのは自分の人生。優先すべきは自分自身。

若き頃からそうやって無様にみっともなく生きてきたくせに、何を今更怖じ気付いていたのか。

ヨアキムはそのままそれまで我が物顔で王宮内を歩いていた王妃の愛人たちを皆殺しにし、狂ったように泣き喚く王妃を幽閉し、不正や汚職に手を染めた者たちを次々に糾弾、断頭台に送った。

かつての勇者は暴君となり、力任せに国を浄化させたのだ。

国中から怨嗟の声が上がったが、もはや誰もヨアキムを止めることはできなかった。

彼は自分を貶める者を一切許さず、容赦なく殺し尽くしたからだ。

そしてようやく国が立ち直る兆しを見せたところで、ヨアキム王は唐突に命を落とした。

その死因については諸説あり、怨恨による暗殺、流行病《はやりやまい》による病死、自ら命を経った等と色々と謂《いわ》れているが、未だ真実はわかっていない。

◇◇◇◇

「ヨアキム王は在位後半に起こした血の粛清と大改革により、一応は賢君であったとされています。ですが実は王侯貴族の間での評価はそれほど良くないんです。一度は数多の不正を許し、国を傾けていますから」

エリアス殿下はそう言って、一つ悩ましげにため息を吐いた。

随分と大人っぽくなった彼の顔を、私は痛ましげに見やる。

まだ若いのに随分と老成しちゃって。

きっと王都に帰ってから色々大変だったのだろうなあ。私は涙を禁じ得ない。

「……そうだったのですね」

私のような末端の国民には、かつての勇者ヨアキムは、偉大なる王であったとされている。

王妃とも生涯仲睦《むつ》まじく、多くの子を得たとも。

だがやはり実際は、そんな簡単な話ではなかったらしい。

聖女は元の世界に戻り、勇者は偉大なる王となり、幸せとなりましたとさ。めでたしめでたし。

――それは、そうあってほしいという、人々の身勝手な願望でしかなかったのだ。

真実など、彼らにとってはきっとなんの意味もないのだろう。

身の丈に合わない場所で、誰一人味方のいない場所で、ヨアキムは戦っていたのだ。

それを聞いたところでもはや私には『ふーん。大変だったのねえ』くらいの他人事でしかないが。

エリアス殿下はテーブルの上で手を組み、小さく唇を噛み締める。

「……良き教訓ですね。僕もまた、彼と同じ道を歩みかねないのですから」

一年前、魔王討伐に成功した勇者でありこの国の第三王子であるエリアス殿下は、父たる国王陛下の指名により、この度正式に王太子となった。

エリアス殿下を殺そうとしたマルクス第一王子殿下は廃嫡となり僻地《へきち》へ飛ばされ、第二王子殿下はそもそも王となることを望んでいないため、エリアス殿下は王太子の座から逃れることはできなかったのだ。

そして立太子した挨拶に、彼はミラ嬢と共に久しぶりにシュルヤヴァーラ侯爵領にやってきたのだ。

庭園の四阿で、元勇者パーティー一行でお茶をしている際に、エリアス殿下は唐突に王位に就くことの不安を吐露し始めた。

どうやら魔王討伐という大きな手柄がありながらも、妾腹《しょうふく》の王子が王となることに、少なからず反発があったようだ。

「僕は異母兄上たちのように、帝王学を学んでいるわけでもありませんし」

彼自身も第三王子であり妾腹である自分が王位を継ぐことになるなど、思ってもみなかったのだろう。

そして先祖である勇者ヨアキムと、己を重ね合わせてしまったようだ。

「エリアス殿下はヨアキム王のようにはならないと思いますよ」

なんせエリアス殿下は奴とは違い謙虚であるし、元々王家で育ったため教養もある。

少々気弱でお人好しの気はあるが、言いたいことはハッキリ言うしっかり者のミラ嬢が付いているし。

「お前はヨアキムとは比べ物にならないほどまともだ。この目で見たおれがいうのだから間違いない」

すると珍しくオリヴェルがフォローした。

オリヴェルも結構エリアス殿下を可愛がっているんだよね。私は思わずほっこりする。

エリアス殿下が顔を赤らめ「ありがとうございます」と照れた様子で言った。可愛い。

「風が冷たくなってきた。そろそろ屋敷の中に戻るぞ」

オリヴェルがそう言って立ち上がり、私のそばに来て手を差し伸べる。

私は微笑んでその手を取ると、ゆっくりと立ち上がった。

向かいにいるミラ嬢の目線が、私の少しふっくらとした腹へと向けられる。

「わあ、もう結構お腹が大きいんですね！」

オリヴェルと結婚し半年しないくらいで、私は妊娠した。

安定期に入ると一気に腹が膨らみ、今では一目で妊婦だとわかるくらいになっている。

おそらく竜の血を濃く継ぐであろう子の誕生に、王家も注視しているようだ。

少なからず不安はあるが、一方でオリヴェルが絶対に守ってくれるだろうという自信がある。

ちなみに妊娠してから、オリヴェルの過保護がとどまるところを知らない。

「……大丈夫か？」

腰を抱かれてゆっくりと歩き出したところで、オリヴェルに耳元で囁かれた。

エリアス殿下とミラ嬢は、私がかつての聖女の生まれ変わりであることを知らない。

よって仕方がないのだが、ヨアキムの話題になってからオリヴェルの眉間の皺が深くなっていた。

本当に優しいドラゴンだと思う。

ちなみに私は、ヨアキムの話を聞いてもびっくりするほどなんとも思わなかった。

かつてはあんなに恨んでいたはずなのに。

女性の方が元恋人に冷たいと言われる理由が、なんとなくわかった。

そう、本当に、どうでもいいのだ。今が幸せだから。
きっとあの時私が死ぬことなく、ヨアキムと結婚していたとしても。
今以上に幸せだったとは、とても思えない。
死んではじめて私は、自分自身を大切にしなかったことを悔やんだ。
自分の心を主軸にして生きている、今の自分が好きだ。
そしてそんな私自身を尊重し、愛してくれるオリヴェルが大好きだ。
「ありがとう、オリヴェル」
私はそう言って、彼の頬にキスをした。

あとがき

初めましてこんにちは。クレインと申します。この度は拙作『転生聖女は今度こそ天寿をまっとうしたい！　ドラゴン侯爵の一途な求愛』をお手に取っていただき誠にありがとうございます。

辰年のうちに竜のヒーローを書きたい、というどうしようもない欲望に忠実に書きました。

竜って浪漫ですよね……定期的に書きたくなりますよね……ドラゴン……そしてみんな大好き異種婚姻譚……もちろん私も大好きです！

イラストをご担当いただきましたウエハラ蜂先生。今回も格好良すぎる長髪ヒーローと可愛すぎる猫目ヒロインをありがとうございます。最高でございました……！

担当編集様、この作品にご協力くださった全ての皆様、いつもありがとうございます。

締め切りが迫ると、異世界転生がしたいなどと言い出す私を励まし力付けてくれる夫ありがとう。

最後にこの本を手に取ってくださった皆様に心よりお礼申し上げます。ありがとうございました。

クレイン

ガブリエラブックスをお買い上げいただきありがとうございます。
クレイン先生・ウエハラ蜂先生へのファンレターはこちらへお送りください。

〒110-0016　東京都台東区台東4-27-5（株）メディアソフト
ガブリエラブックス編集部気付 クレイン先生／ウエハラ蜂先生 宛

gabriella books

MGB-126

転生聖女は今度こそ天寿をまっとうしたい!

ドラゴン侯爵の一途な求愛

2024年12月15日 第1刷発行

著　者　クレイン

装　画　ウエハラ蜂《はち》

発行人　沢城了

発　行　株式会社メディアソフト
〒110-0016
東京都台東区台東4-27-5
TEL：03-5688-7559　FAX：03-5688-3512
https://www.media-soft.biz/

発　売　株式会社三交社
〒110-0015
東京都台東区東上野1-7-15
ヒューリック東上野一丁目ビル3階
TEL：03-5826-4424　FAX：03-5826-4425
https://www.sanko-sha.com/

印　刷　中央精版印刷株式会社

フォーマットデザイン　小石川ふに（deconeco）

装　丁　齊藤陽子（CoCo. Design）

定価はカバーに表示してあります。乱丁・落本はお取り替えいたします。三交社までお送りください。ただし、古書店で購入したものについてはお取り替えできません。本書の無断転載・複写・複製・上演・放送・アップロード・デジタル化は著作権法上での例外を除き禁じられております。本書を代行業者等第三者に依頼しスキャンやデジタル化することは、たとえ個人での利用であっても著作権法上認められておりません。

© Crane 2024 Printed in Japan
ISBN 978-4-8155-4352-5

本作品はフィクションであり、実在の人物・団体・地名とは一切関係ありません。